八方美人

新井恵理那

宝島社

はじめに

「八方美人」は、
本来はどこから見ても完璧な美人という意味だそうです。
でも最近はそこから転じて誰にでもソツなくいい顔を振りまいて、
当たり障りのない人という意味で使われています。
「あの人は八方美人」と言われて、嬉しい人はあまりいないでしょう。
アナウンサーとしては八方美人のほうがいいのかもしれません。
でも私自身はどうしてもそうなりきれない。
むしろ自分の意見を出したい、きちんと出すことを
心がけているので、ときには人とぶつかることもあります。
ただ、物事に対しては、完全に八方美人です。
あれが好き、これも好き、あっちが気になる、
こっちにも興味がある。ならば行ってみよう、やってみよう。
そんなふうに生きてきました。
いろいろなことが気になって、ひとつのことにしぼれない。
だから子どもの頃、まわりの大人から
「大きくなったらなにになりたい？」と聞かれるたびに困り、

作文で「将来の夢」を書かなければならないと悩む。八方美人の私は、逆にいえば、“夢のない子ども”だったのです。

ひとつのことに集中できず、かといってなにをやっても特別な才能はない。物心ついてからずっとそうでした。目の前の課題に対しては真剣に取り組み、努力はしてきました。でもまた興味があることが出てきたら、フラフラ、キョロキョロ……。そんなことを繰り返しているうちに、いまの私ができ上がったような感じです。

そんな八方美人の私も、いろいろなことにチャレンジしているうちに、気がつけばフリーアナウンサーとして自分の居場所のようなものが見つかりました。自分がなにをやりたいのかわからない。自分がどうなりたいのかわからない。それでも歩いていれば、きっとどこかにたどり着きます。どこかにたどり着いて、また気になることができたら、また歩けばいい。そうやって歩いているのも悪くないなと最近思えるようになりました。

「夢を持とう。その夢に向かって頑張ろう」という本は、たくさんあると思います。この本は、私のようにある意味、注意散漫で、ひとつの夢が見つからないという人に読んでもらいたいと思って書きました。

夢がなくても、才能がなくても大丈夫。八方美人で生きていこう！

そうやっていれば、自然とどんなときも笑顔でいられる本当の八方美人になれるような気がします。

もくじ

卒業アルバムの黒歴史

――カリフォルニア生まれだけど……――

私のプロフィールには、「カリフォルニア生まれ」と書かれています。それだけを見ると、いかにもバイリンガルで切れ者の女子アナっぽいですが、実際は英語ができるわけではありません。それどころか日本語もあやしい。これは幼少時にアメリカと日本を行ったり来たりした影響なのではないかと思っています。

生まれたのがカリフォルニアであるのは、間違いありません。ただ、そこで過ごしたのは2歳まで。その当時の記憶は残っていません。

両親からよく聞かされる当時の話は、いくつかあります。12月5日の予定日になっても生まれず、母は軽い体操に散歩、ときにはディズニーランドに行くなどしてみたけれど、一向に出てくる気配がない。父の思いつきで、父の仕事関係でガレージに入っていたシェルビーコブラ427というスポーツカーに身重の母親を乗せて夜中のフリーウェイを激走したら、その夜に陣痛が始まり翌日の12月22日に生まれてきたそうです。

他の赤ちゃんたちと一緒に静かな午後のお昼寝タイムを過ごしていると、必ず最初に私が泣き出し、暴れ出し、他の赤ちゃんを巻き込む大騒ぎになるため、「嵐を呼ぶ赤ちゃん」と呼ばれていたとか。

日曜日はよくニューポートビーチで開催されていたスワップミートに遊びに出かけていたそうです。スワップミートは日本でいうと、お祭りの縁日のようなイベントで、2000軒を超える露天商が店を並べています。私のお気に入りは小さな滑り台などの遊具が置いてある店で、一度遊び始めると離れられず、いつまでも遊び続けている。

両親がやっとの思いで引きはがし先に進み、いざ帰ろうとするとまたあの店で遊びたいと言い出す。行けばまた延々と遊ぶので「今日は帰ろう、また今度ね」と言っても頑固にその場に座り込んで泣き叫ぶ。父が「じゃあ勝手にしろ！」と言ったとたん、両親をその場に残し風のように遊具屋に向かって一人で走り始めた……。

どうやら少し手のかかる子どもだったようです。やんちゃで元気いっぱい。そしてちょっと頑固。その性格のまま、3歳からはまた父の転勤で神奈川県へと移住することになります。

――自然の中で遊んだ日々――

私の一番古い記憶は、この神奈川県足柄上郡大井松田で通っていた幼稚園の砂場です。男の子たちとふざけて遊んでいた光景を思い出すことができます。私が暮らしていたのはのどかな山の中でした。家のまわりは田んぼと畑だらけで、自然に囲まれた環境で毎日遊び回っていました。

カマキリやザリガニを捕まえたり、おたまじゃくしを集めてカエルに育つまで見守ったりして、たくさんの命と触れ合い、大切なことをいろいろ学んだ時期だったのかもしれません。ちょうど弟が生まれたタイミングだったので、母は弟にかかりっきり。私は父と過ごす時間が長かったこともあり、まるで男の子のように自然の中で泥だらけになりながら、のびのび自由に遊び回っていました。

父は海外のヴィンテージカーやレースカーを扱う輸入車関係の仕事をしていて私たち家族はショールームのある建物で暮らしていました。父はヴィンテージフェラーリのような

いまも、家族の思い出を運んでくれる

珍しい車が入荷すると、テストと称して幼い私を乗せてよくドライブに出かけていたそうです。いろいろなクルマと撮った家族写真が残っています。

弟が歩けるようになると、どこに行くにも手をつないで一緒に連れていっていました。今ではすっかり大人になった弟ですが、当時はかわいくて、いつも私が世話をしていました。まだ字が読めない頃にも、弟の大好きなアンパンマンの本を全文暗記して、よく読み聞かせていて、母は助かったと話していました。

キャンプが好きな家族で、家の中でテントを張って屋内キャンプを楽しんだのも、とても良い思い出です。幼稚園には友だちも多く、お泊まり会をしたり、一緒に習い事や海水浴に行くなど、家族付き合いをしていました。いま思い出しても、楽しかった思い出ばかり。だから5歳のとき、両親がまたカリフォルニアに行くと言い出したときは、本気で抵抗しました。これから小学校に行くというタイミングで、友だちと離れ離れになることが本当に悲しく、つらかったのです。「行きたくない！　日本に残る！」と泣きじゃくったことを憶えています。

幼いなりに、慣れ親しんだ環境から離れることが不安だったんだと思います。友だちみんなと同じ小学校に行きたい。どうして自分だけアメリカに行かなければならないのか。さすがに両親もスワップミートのときのように「勝手にしろ」と置いていくことはせず、家族４人でアメリカに渡ることになりました。

――カリフォルニアの小学校生活――

小学校生活は、カリフォルニアでスタートしました。入学したのは普通の公立校で、もちろん授業は英語です。先生が言っていることも友だちが言っていることもちんぷんかんぷんでしたが、不思議と学校に行くのが大好きでした。その場に置かれたら、その場で楽しむという性質を当時から持っていたのかもしれません。

カリフォルニアという場所もよかったのかもしれません。いろいろな国からやってきた、様々な国籍の子どもがいて、みんなが個性的で、私を含めみんながそれを当たり前だと思っていた。自分は自分、誰かに合わせたり、真似たりする必要はない。そんなことを自然に学んでいったような気がします。

授業は日本の学校とは異なるものでした。教室にそれぞれの机はなく、みんなが床に座って先生の話を聞きます。先生たちは黒板ではなく、手作りのボードなどを使って子どもたちの興味を引くような授業をしていました。手を動かし、頭を使う実験のような授業も多く、勉強をしているというより毎日学校に遊びに行っているという感覚でした。

手に乗ったときの
ヒンヤリ！
きもちのいい感触

仲良しの友だちもできました。いつも一緒に遊んでいたのはユージンという韓国系の子です。彼女とは流行っていたローラーブレードで走り回っていました。グレイスという子とは、集めていたシールを交換して楽しんでいました。

カリフォルニアの家は、日本の家よりも大きく、庭にはレモンの木があったことを憶えています。庭はそのまま公園につながっていて、私は相変わらず自然の中で遊んでいました。キャップの中にダンゴムシをたくさん集めて、それを触って玉にして遊ぶ……いまならゾッとするようなことも当時はワクワクしながらやっていました。

家の中では日本語で、週末は日本語学校に通っていましたが、毎日の学校生活で英語もいつの間にか身についていました。母の発音の間違いを指摘していたそうですから、そのままアメリカにいれば、バイリンガルのアナウンサーになれていたかもしれません。

でもそうなることはありませんでした。私にとって2度目のカリフォルニア生活も約1年半で終わり、日本に帰ることになったのです。アメリカの暮らしは楽しいけれど、帰れば幼稚園時代の友だちに会える。やはり慣れ親しんだ日本が恋しい。アメリカの友だちと離れることは寂しかったですが、もう泣きじゃくることはありませんでした。

――人と違うことをやりなさい――

父はかなり変わった人ですが、子どもの頃は、そう思っていませんでした。父は私によく言っていました。

「まわりに合わせなくていい」

「みなと同じじゃなくていいんだよ。自分の思うことを大事にしてピカイチの人になりなさい」

いわゆる〝右へならえ〟の日本的な教育とは、逆行していたでしょう。1年半ぶりに大井松田の家に戻って、2年生の途中から近所の小学校に通い始めたとき、私はみんなとの違いに戸惑いました。

カリフォルニアで日本語学校に通っていたとはいえ、週末だけだったので、日本のカリキュラムに追いつくのは大変でした。それに、ちょうどポケモンが大ブームになっていましたが、私はまったく知らず、完全に乗り遅れていました。カルチャーショック、カルチャーギャップを子どもなりに感じていました。母は、当時「アメリカにいたときより元気がなくなった」と思っていたと、あとで語っていました。

当時のことは、すぽっと記憶が抜け落ちたかのようにほとんど憶えていないのですが、アメリカ暮らしの影響で髪が茶色かったこと、ランドセルではなくバックパックだったりと持ち物がみんなと違っていたことなどで、クラスメイトから「どうしてみんなと違うの？　変だよ」と言われたり。上履きに履き替えず、靴のまま教室に入ってしまったりしたこともあったとか。協調性を持つことを求められる日本の環境に戸惑いを感じ、傷つき、一時、萎縮していたようです。

ただ、「まわりに合わせなくていい」という父の教えに助けられ、自分を取り戻した私は、それを素直に実践したため、失敗したこともあります。

小学校3年生のとき、学校行事でスケッチ大会がありました。「桜の絵を描こう」ということで、大きな公園に出かけ、みんなそれぞれ桜のきれいな場所を探して散らばっていきました。私は絶対に他の子と同じ場所は選ばない、自分だけの桜を探すと心に決めて、スケッチの場所を探します。みんなが近場の桜の絵を描き始める中、どんどんひと気のない奥の方に行き、ようやく腰を据えて、絵を描き始めました。

夢中になり、やっと描き上げたとき、校長先生が声をかけてくれました。そして、みんなと同じようにスナップ写真を撮ってくれたのですが、いま思えば、一人ぼっちで絵を描き続けていた私が仲間外れにされているように見え、校長先生は心配してくださったのでしょう。

当時の私は「まわりに合わせない」ことを無理に頑張っていたように思います。寂しさを感じながらも、孤高な存在であろうとしていたのです。父に育まれたそんな少し風変わりな当時の私の自意識の証拠が残っています。小学校の卒業アルバムです。

ある日、「明日はアルバムの撮影がある」と父に話すと、「女は斜めが美しい。写真は斜めに写るべきだ」と言われたのです。その通りに、私は撮影に斜めで臨みました。みんな真正面を向いているのは知っていました。でも「私はこれでいい」と周囲にとがめられないかドキドキしながらも、気づかないふりをして頑なに斜めをキープしたのです。

その結果、みんなが真正面の笑顔で写っているアルバムに、しっかりと斜めに写っている私の写真が載ることになりました。大人になり、アルバムを見るたびに目を背けたくなるほど、恥ずかしい気持ちになります。完全な黒歴史です。

中学、高校と進むうちに少しずつ自意識を飼いならせるようになり、集団の中でも心地よく過ごせるようになりました。それでも根本の部分には、「人と違う自分でありたい」という思いがあったように思います。

考えてみれば、人間が他の人と違うのは当たり前のことです。無理にまわりに合わせる必要はなく、みんな自分らしく生きていけばいい。それを私は子どもの頃に父から教わり、アメリカで学びました。自分なりの考え方やアイディアをひねり出し、強く掲げようという気概は、こうした子ども時代の体験や葛藤の中で培われ、いま、さまざまな仕事をするフリーアナウンサーとしての私の中の〝芯〟になっていると確信しています。

なにがなんでも弓道をしたい

――進路を決めた『犬夜叉』――

「はじめに」でも書きましたが、私には子どもの頃から「夢」がありませんでした。「こんなふうになりたい」「こんな仕事をしてみたい」と思ったことがなく、アナウンサーという仕事もどこか別の世界のように感じていました。

でもだからといって、将来を悲観していたわけではありません。毎日いかに楽しく過ごそうかと考えていましたし、前に進むエネルギーは持っていました。むしろ「自分は本気になればなんでもできる」と根拠のない自信だけがあり、だからこそ自分が本気になるのを待っていたような気もします。

子どもの頃から、遠くに目標を定め、そのためにコツコツ頑張るのは苦手でした。そんな私が生まれて初めてと言っていいくらい、強く、そして具体的に「こうなりたい」と思ったのが、「高校生になったら弓道部に入りたい」ということでした。

中学までは近所の公立校で、ほとんど電車に乗ることもない毎日でした。小学生のときほど個を主張することもなく、集団生活にも馴染んでいたと思います。成績はとび抜けて良くはありませんでしたが、宿題も真面目に取り組んでいました。

元来、目立ちたがり屋の部分があると思うのですが、勉強も運動も中くらい。クラスで演劇をやるときも主人公はマドンナ的な子に奪われ……いまひとつ、理想の自分になれずもがいていた時期だったように思います。

親は成績や進路に口を出すことはなく、すべて私任せ。そのままならあまり深く考えることもなく、高校も近所にある県立高校に進学していたかもしれません。でも中学生の私には、「弓道部のある高校に行きたい」という強い思いがありました。

八方美人でいろんなことに興味があった私が、なぜそこまで弓道部に入りたかったのかというと、小学生の頃から高橋留美子さんの『犬夜叉』という漫画が大好きで、その中に登場する桔梗や日暮かごめといったキャラクターが弓の達人だったからです。

もともとは父の影響で読み始めた『犬夜叉』でしたが、私はその世界観にすっかりハマってしまいました。おもちゃの弓を作って遊んだり、和装や和室に憧れたり、しまいには自室のカーペットの上にござを敷くほどでした。できれば中学から弓道を始めたかったのですが、あいにく私の中学校には弓道部がなく、「高校は必ず弓道の強豪校に行く」と思いを温めていたのです。

――ミスチルが頭の中で鳴り響き……――

中学3年生になった私が目指したのは、東京の國學院高校でした。推薦で入れる公立校もありましたが、私はどうしても國學院に行きたいと思い、推薦試験を受けることにしました。中学校は真面目に努力したので、内申点は4・8もありました。これだけあれば、ほぼ落ちることはないと言われていて、私もすっかりその気になっていました。

完全に油断していました。試験会場に向かう電車で単語帳でも見ていればよかったのに、私はのん気にミスターチルドレンの曲を聴いていたのです。

♪めぐり逢ったすべてのものから送られるサイン

試験が始まっても、頭の中ではミスチルの『Ｓｉｇｎ』が鳴り響いていました。何度も何度も、繰り返し流れ、試験に集中することができません。ミスチルのせいにしては怒られますね。ただ、その後しばらく聴く気になれませんでした。私は、落ちるはずがないと言われていた推薦試験に不合格となったのです。

両親と合否の封筒を開けたときに味わった絶望感は、きっとこの先、一生忘れないでしょう。それまでなにかを強く望んだことがなかった私が、初めて自分の意志で選んだ進路だったわけですから、その落胆も人生最大級でした。泣いて泣いて泣きまくる私に、母は「公立に行けばいいじゃない」と言ってくれました。そのとき、「なにがなんでも國學院に行かなきゃならないんだ」と、強い気持ちが湧き上がってきたのです。

残された道は、一般試験しかありません。当時の私の学力では、合格の可能性は良くて50％程度。そこから私は死ぬ気で頑張りました。塾に通い始め、朝早くから夜遅くまで勉強を続けました。「國學院で弓道をやる」という思いだけで、とことん自分を追い込んだのです。

そこまでやったのですから、合格だとわかったときの喜びもまた人生最大級でした。引っ張り出した２００５年の手帳、２月11日の枠には、はみ出すくらい大きな金の「合格」

シールが貼ってあります。

最終的に合格できたから言えるのかもしれませんが、あれだけ必死になる時間があって、それが結果に結びついたというのは、自分にとって大きな経験になったと思います。自分の人生は自分が決めていくもの。ひとつの決断で動いた初めての出来事であり、弱い自分を奮い立たせた15歳の私は、立派だったと褒めてあげたいのです。

――「正《せい》射《しゃ》必《ひっ》中《ちゅう》」でありたい――

高校に入学すると、私は迷わず弓道部に入部しました。もちろんまったくの未経験、ゼロからのスタートです。國學院の弓道部は厳しい指導で知られていて、最初は的の前に立たせてすらもらえません。ひたすら続く、イメージトレーニングや筋トレの日々。おまけに練習だけでなく、礼儀作法にうるさく、部独自のルールもたくさんありました。

先輩の目線より高くなってはいけない。校内で先輩を見つけたら走って追いかけて大きな声で挨拶をする。先輩の仕事や掃除を代わりに行わなければ正座。言葉遣いにも厳しく、敬語・丁寧語を間違えても厳しく叱られ、正座しなければなりませんでした。

そのため、最初は30人いた新入部員も1ヶ月で6人まで減ってしまいました。私も毎日の練習がきつくて、家に帰るとそのままソファで寝てしまうくらいに疲れ果てていました。あまりに厳しい指導に涙を必死にこらえることも何度もありました。それでも一度も部活動を辞めたいとは思いませんでした。

スタートは漫画だったとはいえ、あれだけ必死の思いでこの学校の、この部活にたどり着いたのです。とにかく早くうまく弓を引けるようになりたいという気持ちで、毎日を過ごしていました。

弓道は奥の深い武道です。自分の世界に集中し、心と体が一体となって射ることができます。気持ちの乱れや、体のわずかな力みやぶれで、まったくあたらなくなります。

自分はどうすれば集中できるのか、どうすれば心が乱れないのか、姿勢や弓の位置はこれでいいのか、探求し続けるのが弓道だと思います。結果につながるよう、自らの心と体をコントロールするのは私にとってとても楽しいものでした。

弓道には「正射必中」という言葉があります。基本を大切にし、正しい射法で射ることができれば、必ず的にあたる。私の中でとても大切な言葉で、弓道に限らない真理を含んでいると思っています。自分の心と体が乱れることなく、正しく物事に向き合えば、必ず結果に結びつく。今でもなにか新しいことを始めるとき、美しく強い「正射必中」でありたいと思うことがよくあります。

――「早気《はやけ》」に悩まされる日々――

私は子どもの頃からなんでも器用にこなすところがあり、弓道でも最初は残った6人の1年生の中で一番早く上達しました。きれいに弓を引けるし、的にもあたる。6人のうち3人は男子生徒でしたが、1年生の秋には、彼らよりも明らかに私のほうがうまくなっていました。

でも残念なことにそこが私のピークでした。その後、私は弓道におけるイップスといわれる〝早気〟にかかってしまったのです。弓道では弓を引き絞った状態である〝会《かい》〟がとても重要視されています。この会の状態で精神を集中し、狙いを定めるのですが、〝早気〟にかかると十分な会を保てない状態で矢を離すようになってしまいます。

きっかけは、先輩が早気にかかったことでした。その先輩を見ながら、どうして早気になったんだろうと考えているうちに、私自身も早気にかかってしまい、抜けられなくなったのです。

ゴルファーがイップスにかかると、ごく短い距離のパットでも外すようになり、やがてはパット自体を打てなくなるそうです。野球のピッチャーがイップスにかかると、どんなに狙ってもまるで逆の方向にボールを投げてしまうとか。自分がなにをすべきかはわかっているのに、体がまったく言うことを聞いてくれなくなるのがイップスです。このときの私もまったく同じ状態でした。

ほんの数秒間、会の状態を維持するために耐えればいいのです。でもどうしてもそれができない。弓を変えてみたり、フォームを根本的に見直してみたり、いろいろ試しましたが、まったく改善しません。

同級生が通った昇段試験にも私だけ落ちてしまいました。正月を除く毎日、放課後はもちろん自主参加の早朝練習は主将として一人で朝練に励むも、結局、私の早気は卒業するまで直ることはありませんでした。大半が悩み、苦しむ時間になっていました。それでも弓道部で過ごした日々は楽しかったですし、自分自身と向き合い、試行錯誤した日々は忘れられない思い出です。

私自身は思うような成績を残すことはできませんでしたが、私が指導役となった後輩はインターハイに出場するほどの選手になりました。もちろん本人の努力があってこそですが、「正射必中」を教え続けたことがよかったのではないかと思っています。

数年前、テレビ番組の企画で久しぶりに弓を持って的に向かいました。もしかしたらと期待していましたが、やっぱり早気は抜けていませんでした。でも的に向かって集中する時間はとても心地よく、たとえ数十射に一射でも、矢に気持ちが乗って的まで届いたときは胸のすく思いがしました。

少し時間ができたら、また本気でやってみたいと思っています。青春時代、あれほどまでに夢中になって取り組んだ競技です。目覚ましい結果は出ずとも、〝やりきった〟という自信を与えてくれました。弓を通じて、自分自身と向き合い、共に戦う仲間を得て、私は少しだけ強くなれた気がします。

父の教え、母の教え

――「人には迷惑をかけろ」――

私自身は、自分のことをとても普通の人間だと思っています。でも時々まわりから「変わっている」とか「天然」だとか言われてしまいます。思い当たるフシがないわけではありません。なぜなら、父がちょっと変わった人で、母がなかなかの天然だからです。その二人の血を受け継いでいるのですから、私がそう言われるのも仕方ないのかなと思っています。

父から「人には迷惑をかけろ」という言葉を聞いたのは、中学生くらいのときでした。当時、週末になると家族で外食に出かけ、そこでいろいろな話をしていました。父のその言葉を聞いたとき、私は率直に「この人なにを言っているんだろう?」と思いました。

普通の親なら「人に迷惑をかけるな」と言うところを、まったく逆のことを言っている。私が「どういうこと？」と問いかけると、父は堂々と自説を話し始めました。

「人と人とは頼り合って生きるもの。迷惑をかけたり、かけられたり、それが人との付き合い。迷惑になることをお互いに遠慮しないような人間関係を作っていくべきなんだよ」

私は思わずなるほどと納得してしまいました。父が輸入車の販売をしていたときは、お客さんと友だちのような付き合い方をしていました。しょっちゅう故障するようなヴィンテージのクルマを売って、それを買った人も「また故障したよ」と笑いながら訪ねてくる。私はそんなおじさんたちを不思議な気持ちで眺めていました。

迷惑をかけて、かけられて。父は情熱的で気持ちで動く人間です。だからこそビジネスを超えた人間関係を作るのが上手なのかもしれません。「人には迷惑をかけろ」。なかなか実践するのは難しいですが、私も父のように多くの人と強い信頼関係を結べるようになれればと思っています。

──「迷ったら、両方買いなさい」──

母はというと、とても明るくポジティブ。見た目は柔らかい印象ですが、どこか毒気もはらんでいて、おまけにマイペースで、まわりにいる人をハラハラさせることも少なくありません。見た目は両方に似ていると言われる私ですが、性格的には母の影響のほうが大きいように思います。

そんな母から教えられた印象に残っている言葉は、「迷ったら、両方買いなさい」。小学生くらいのとき、よく遠出して安売りの洋服屋に出かけていました。３００円くらいのTシャツで私が悩んでいると、よくこの言葉を言われたものです。

「欲しいと思えるものには、そうそう出合えないのよ。次に来たとき、なくなっていたら後悔するでしょ。だから迷うくらい欲しいものならどっちも買えばいいのよ」

大雑把といえばそうですが、この考え方に従っていれば、確かに後悔することはありません。私は優柔不断な性格で、服を買いに行ったりすると、どちらにしたらいいか迷うことがあります。そこで思い出すのが母の言葉です。

「迷ったら両方買う」

おかげで私の靴箱やクローゼットには、色違いのものがいくつもあります。黒と茶のパンプス、白とブルーのブラウス……。そういうペアを見るたび、母に影響を受けている自分を感じざるをえないのです。チャンスを逃さない。ここぞというときは貪欲に。母の男気は私の中にも息づいているのでしょう。

――やりたいことはなんでもやる――

私は両親から勉強や習い事を強要されることもありませんでしたし、逆にやりたいと思ったことはなんでもやらせてもらえたので、とても恵まれていたと思います。

大井松田の幼稚園時代は、バレエと水泳とダンス。アメリカに行ってからは水泳とテニス。アメリカ時代は、近所に住んでいた元オリンピック選手の千葉すずさんに水泳を教わっていました。小学校の高学年のときも、テニスに書道、それから合気道も習っていました。

こういったものはすべて私がやりたいと言ったものです。体を動かすのは好きで、運動神経も悪くなかったと思います。でも長続きしたのは、水泳とテニスくらいでしょうか。水泳は、アメリカ時代によく住民共有のプールに行き、小さな飛び込み台から背面飛び込みをして、周囲の人から拍手をもらっていたのを憶えています。自分なりに指先までピンと伸ばして美しい着水を目指していました。あれが称賛を心地よく感じた最初の経験だったかもしれません。

テニスは中学で軟式テニス部に入りましたが、たいして上達せず、なりたかった部長や副部長に選ばれることもなく、それきりになってしまいました。なんでもちょっとやれば、それなりにできるようになるのですが、そこで満足してしまって極められず、そのうち飽きてしまう。ずっとその繰り返しでした。

それでも両親は、私がやりたいと言うとやらせてくれ、辞めたいと言うと辞めさせてくれました。もう少し無理にでも続けさせてくれてもよかったのにと思うこともありましたが、頑固な私は、一度言い出したら聞かなかったのです。

――大学時代に学んだこと――

青山学院大学には、指定校推薦で入学しました。高校受験の苦い思い出があったので、今度こそと1年生から必死で勉強して推薦を獲得することができました。なぜ青学だったかと言われたら、イメージが良かったからというくらいの理由でした。相変わらずやりたいことは見つからず、まさにモラトリアムといった感じの進学でした。

それでも私はキャンパスライフをエンジョイしていました。アルバイトにサークル活動。恋もして授業は居眠りしがちな、ごく一般的な大学生でした。所属したバドミントンサークルは1年生から4年生まで100名以上と人数が多く、性別も学年も垣根なく仲の良いアットホームな関係性でした。

そんな中でも私はあっちこっちと動き回り、多くの人とコミュニケーションをとろうと心がけていました。

学費は親が払ってくれましたが、サークル活動費や交際費などは自分で稼ぐ約束になっていました。カフェや和食店、寿司屋で働き、手芸店の店員にもなり、かまぼこ売りや試験監督のアルバイトもしました。

アルバイトをして気づいたのは、サービス精神を発揮してお客さんに喜んでもらい、そうして働いてお金を稼ぐことは楽しいということでした。たくさん働いて給料をもらい、通帳に記帳するたびに感動していました。朝からバイトに行き、学校の授業中にうとうとし、またバイトに行く。週2回バドミントンサークルの活動がある日以外は、毎日のようにアルバイトをしていました。

それぞれのアルバイトには、お金以外の目的や楽しみもありました。カフェでアルバイトをしたのはサンドイッチを上手に作れるようになりたかったからです。毎朝数十個も作ってかなり腕をあげることができました。和食店で働いたのは和服を着て、所作を学びたかったから。寿司屋では月に1回寿司を食べることができました。手芸店では趣味の手芸の腕を磨き、授業を受け持つこともありました。やりたいことはやってみる。少し大人になった私は、自分でそれを実践できるようになったのです。

大学の授業の中でも、沖本幸子先生のゼミはとても楽しいものでした。総合文化政策学部総合文化政策学科という、要するになんでもありの学科で私が選んだのは、日本文化研究でした。沖本先生の専門は「祭りと芸能」。リサーチと称して、全国各地の祭りを訪ね歩きました。青森のねぶた祭で跳人《はねと》もやりましたし、千葉の鬼来迎《きらいごう》という奇祭も見に行きました。太古から日本人は祭りや習わし、儀式を大切にしてきました。沖本先生に教わった中で特に心に残っているのは、「見えない力を信じる」ということ。目に見えているものがこの世のすべてではないのかもしれない、という考えは、私の想像力をかき立ててくれ、世界を広げてくれたように感じます。

こうした大切なことを学んでも、いざ就職活動となると、なかなか現実的な職業に結びつけて考えることができず、私はモヤモヤとした行き場のない不安を感じていました。

ひょんなことから「ミス青山」

――「そのくらいなら」と思ったら――

あまり気が乗らないことでも、思い切ってやってみて、自分なりに一生懸命取り組めば、思いがけない未来が訪れることがあります。私がそう思うようになったのは、ミス青山学院大学のコンテストに出場したときでした。

青学でミスコンが行われているということは知っていましたが、自分が出場するなんて思ってもみませんでした。出ることになったのも、本当に偶然。大学2年生の夏、学内を歩いているときに、ミスコンを主催する広告研究会の女性に声をかけられたのがきっかけでした。

「秋の青山祭（学園祭）でミスコンが開催されるのですが、エントリーだけしてもらえませんか？」

私は街頭インタビューに答えるような、「そのくらいならいいかな」という軽い気持ちで名前を書き、写真を撮ってもらいました。中学、高校とそれほどモテるタイプではありませんでした。たまに声をかけてくれる男の子はいましたが、好きになることはできませんでした。当時の私は友人に私服をいじられるくらいパッとしない感じの女子だったので、期待もせず、すっかり忘れていたら、次に来た連絡は、「最終審査の６人に残りました」。いきなり青山祭の舞台に立つことが決まってしまったのです。

家族はノリノリでしたが、私はかなり戸惑いました。ミスコンは青山祭の中でも特に、マスコミから注目されています。人前で舞台に立つなんて、子どもの頃のお遊戯か、バレエの発表会くらい。想像しただけで、足がすくむような気持ちになりました。

断るか、出るか、さんざん迷った末、家族の後押しもあり、私は出場することを決意しました。せっかく最後の６人に選ばれたんだから、思い切りやってみよう。そしてやるなら、精一杯自分を表現してみよう。

――特技はバルーンアート!?――

ミス青山は、候補者の段階からさまざまな活動をします。ブログを開設して更新しながら、6人でイベントに出演したり、グラビア撮影をしたりしました。候補者の6人は、仲間でありライバル。みんなで旅行に行くという話があったのですが、私は参加しませんでした。これからコンテストで戦う人たちと、仲良く旅行するということがどうしても納得できませんでした。自意識過剰の嫌なやつだなと、いまでは思いますし、そのあとみんなと仲良くなってから、旅行に行けばよかったと後悔もしました。

私は前のめりになりすぎていたのかもしれません。あのときはとにかく真面目にコンテストに取り組もうと思っていました。出場すると決めたなら、ミスに選ばれるように努力しよう、目の前にある課題に100%の力を出し切ろう、と躍起になっていました。

私は生まれて初めて本格的なダイエットに取り組み、本番までの2ヶ月で5キロ近く減量しました。衣装は家族で選んで、ひとつはオレンジのワンピース、もうひとつは薄いベージュのワンピースに決定。気分が不安定になり、「やっぱり出たくない！　なんでみんなと競わなきゃならないの」と泣いて、家族を困らせたこともありました。家族や友人に励まされたり、自分でお尻を叩いたり、そんなことをしているうちにあっという間に本番の青山祭が近づいてきました。

私にとって最大の問題は、〝特技の披露〟でした。それまでの人生に胸を張って特技と言えるようなものはありませんでした。弓道の弓を引くパフォーマンスも考えましたが、舞台の上で披露するにはあまりにも地味だと思いました。悩みに悩んだ挙げ句、本番の1週間前に私が選んだのは、〝バルーンアート〟でした。

なぜあのとき、自分がバルーンアートを選んだのか、よく憶えていません。これならできると思ったのか、舞台の上で映えると思ったのか……。とにかく毎日毎晩、一生懸命練習したことは憶えています。

――母からの手紙に涙――

こうして迎えた青山祭。ミスコンは2日間にわたって行われます。特技の披露は初日。他の候補者が歌やダンスなどで会場を沸かせる中、私はバルーンを持って舞台に立ちました。目の前には見たこともないような数の観客。付け焼き刃のバルーンアートはやっぱりうまくいきませんでした。

どうしてもすれ違うとき、ちょっとしたとき、母の文字から感じるあたたかさ

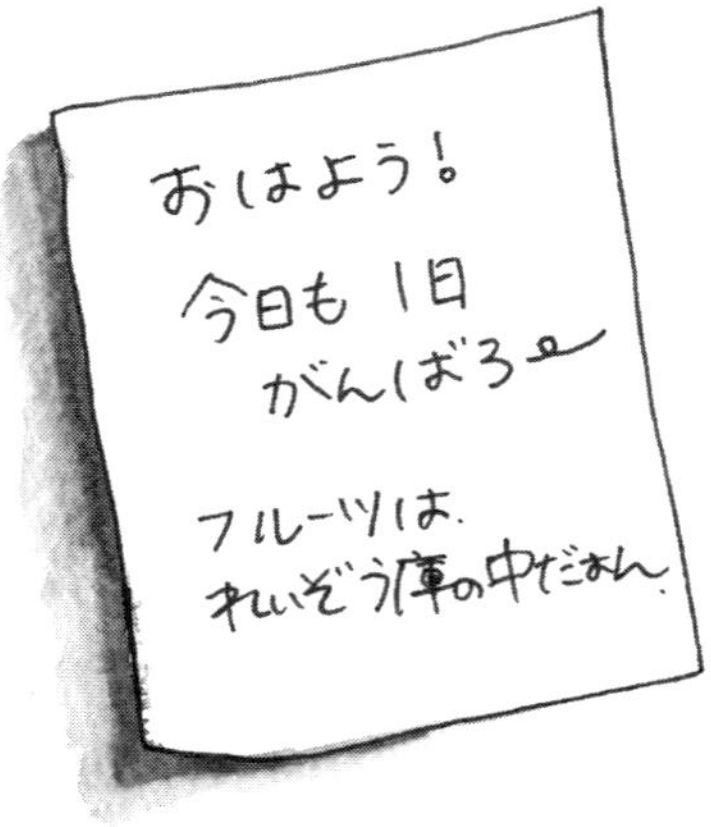

膨らませたバルーンをひねっているうちにパンッと割れてしまい、再度チャレンジ。ようやくなんとか飛行機の形になったところで、大きな声で「できましたー!」。特技と呼ぶにはあまりにも下手だというのは、観客の誰もが気づいていたと思います。それでも私はやりきった充実感に包まれていました。温かい(生ぬるい?)拍手をもらえてすごく嬉しかったことを今でも憶えています。

特技の披露がそんな状態だったので、自分が2日目の3人に残ったときは「まさか」という気持ちでした。でも同時に、あんなに嫌だと思ったこともあったミスコンを楽しいと感じ始めてもいました。せっかくだから最後まで楽しもう! その段階になって、自分がミス青山に

選ばれるかどうかは、もう気にならなくなっていました。

2日目の最後の審査は、自分でデザインしたウエディングドレスを着て、母親からの手紙を読んでスピーチするという結婚式のようなプログラムでした。そのときの手紙は今でも大切にとってあります。「何事にも目標達成まで頑張り抜く努力家、真面目で誠実なエリが（褒めすぎかな？）大好きで尊敬もしています」。そんなことが書かれた温かい手紙を読んで、私は思わず泣いてしまいました。スピーチでは感謝の気持ちを述べることしかできませんでしたが、私の頭の中には幼い頃の思い出から、つい最近のミスコンのために一緒に頑張ってくれた母の姿が浮かんでいました。

――副賞はウエディングドレス――

そして、結果発表。会場が暗くなり、ドラムロールが響きます。静かな気持ちで待っていると、スポットライトが私のところでとまりました。

「今年のミス青山は、5番の新井恵理那さんです！」

その瞬間は、喜びが爆発！　というよりも、名前を呼ばれても、どこか他人事というか「え、私なんだ」というジワジワとくる驚きの気持ちが大きかったような記憶があります。

母の手紙の余韻もあり、だんだんと涙がこみ上げてきました。「私、やったよ。認めてもらえたよ」。そんな心の声を、ライトと拍手を浴びながら、両親に向けて送っていました。ありのままぶつかって、仲間と楽しいステージを作ることができて、その上で、こんな多くの人たちに認めてもらえたということが、とても幸せで感動しました。

このミスコンテストは、キラキラとした青春時代の思い出です。そして、これが私の人生を変えることになりました。初めて大勢の人の前に立ったこと。そこから見た景色。目の前にライバルがいて、そのライバルと仲良くなったこと。自分をシビアに審査されたこと。そしてなにもできない、なにも持っていない自分が、なんとか最後までやりきって、そこに結果がついてきたこと。キラキラとした思い出の中に、その後の人生につながるたくさんの宝物が隠れていました。

ただひとつ心残りなのは、ミス青山の副賞としてもらえるはずだったウエディングドレスがまだ届いていないこと。自分でデザインして、かなり気に入っていたのですが……。あのウエディングドレスはどこにいってしまったんでしょうか?

すべては挫折から始まった

――女子アナなんて〝高嶺の花〟――

アナウンサーという仕事を思い浮かべたとき、多くの人が思い浮かべるのは、テレビ局に就職することができたアナウンサー、いわゆる「局アナ」です。アナウンサーになりたいという大学生は、誰もがまず局アナを目指します。最近は、いろいろなパターンが増えてきましたが、かつては局アナの人が自分の仕事のスタイルを変えるためにフリーになるというのが一般的で、私のように最初からフリーというアナウンサーは少数派でした。

私もはじめは、局アナを志していました。その「局アナ」がすぐ目の前にあると思えたこともありました。でも、なれなかった。その経験、挫折は今の私のベースになっているように思います。

どうしてもアナウンサーになりたいと思って、アナウンサー試験を受け始めたわけではありませんでした。私の中の女性アナウンサー、いわゆる〝女子アナ〟は、華があって、機転が利いて、言葉巧みで、まさに〝高嶺の花〟というイメージ。そんなリスペクトを抱く一方で、こんなことがありました。まだ中学生の頃、一人のアナウンサーの一言が、とても本心からではないように感じられ、ひどく失望したのです。

「いつも笑顔で、時には思ってもいないようなことを言わなければならないなんて、私は嫌だ。自分の気持ちに嘘をついてまで、八方美人でいなければならないなんて」

良くも悪くも素直で曲がったことが嫌いな私は、そうした偏見でアナウンサーという職業を疎んですらいました。それにもともと人前に出るより、一人黙々と作業に集中しているほうが好きなタイプです。そんな自分がアナウンサーになるなんて考えたこともありませんでした。

ところが「ミス青山」になったことで、運命が大きく変わりました。他大学のミスキャンパスの子たちと一緒にちょっとしたタレント活動をするようになり、人前に出る機会が増えていったのです。

――エントリーシートに苦戦――

ミスキャンパスの活動としては、雑誌などの読者モデルがメインでしたが、みんなで野球やサッカーの試合を応援しに行ったり、ゴスロリファッションに身を包んで原宿を歩いてみたりと、いろいろなことにチャレンジさせてもらいました。はじめはブログの延長のような感覚でしたが、友人と一生懸命挑戦するのが案外楽しく、興味を持っていなかったことも、触れてみると面白さがたくさんあることに気づかされ、その魅力や感動を伝えるミスキャンパスの活動にやりがいを感じ始めていました。そんなある日、仕事関係の方にこう尋ねられました。

「新井さんも局アナの試験を受けるんだよね？」

ミスキャンパスが局アナの候補として世間から注目されていることはなんとなく知っていました。でもアナウンサーになりたいとも、なれるとも思っていなかった私は「受けるつもりはないです」と即答しました。まだ大学2年生で就職活動も本格的に始まっていなかったので、そこまで深く将来について考えていませんでした。

「とりあえず受けてみたら？　ダメでもその経験が後々の就職活動に役立つと思うよ」

そんなふうに言われて、そのくらいの気持ちで受けてもいいんだと思ったことを憶えています。当時、大学生の就職活動は3年生の冬から企業説明会が始まり、4年生になると同時に本格的な選考がスタートするというスケジュールでした。それに対して、局アナ試験は3年生の夏頃から選考がスタートします。他業種に比べてかなり早かったので、記念受験や力試しとして受けている人も多いと聞きました。私も軽い気持ちで受けてみることにしました。

私が受けようと思ったのは、日本テレビ、TBS、フジテレビ、テレビ朝日のいわゆるキー局と呼ばれる4社です。いざ試験を受けるとなると、企業研究をしたり、エントリーシートを書いたり、写真を撮ったり、書類に添付する学生時代の写真をかき集めたりと、やることは山積みでした。就職活動は、受験のように成績や学力を問われる試験を受けるだけではなく、大学時代にどんなことをして、そこからなにを学んだか、自分とはどんな人間なのかをまとめ上げる、それまでの人生の集大成のような作業なのだと初めて知り、その大変さに愕然としました。

一番苦戦したのは、エントリーシートの志望動機や自己PRを書くことでした。アナウンサーに憧れていたというわけではありませんし、ミス青山に選ばれたものの、他に胸を張れるようなアピールポイントがあるわけでもありません。

「ミスキャンパスとしての活動を通じて、さまざまなスポーツや文化の魅力を伝えるアナウンサーの仕事に興味を持ちました」

エントリーシートはそれらしく仕上がったものの、「本当にこれでいいのかな？」とモヤモヤした気持ちになりました。自分を取り繕っている気がして、なんだか後ろめたい気持ちでした。

——お台場のトイレで号泣——

書類選考は４社ともクリア。でも筆記試験、二次面接、四次面接で３社は落ちました。ダメもとで受けていたので、はじめはそれほど落ち込むことはありませんでした。「やっぱりか」とあっさり受け入れていました。

唯一順調だったのがフジテレビでした。最終面接、最後の４人にまで残ることができたのです。最終面接の通知が届いたとき、驚いたと同時に「もしかしたらアナウンサーになれるかもしれない」と期待が膨らみ始めました。

最終面接は重役の人たちがずらっと並ぶ部屋で、さまざまな質問に答えるというものでした。緊張しすぎてふわふわと宙に浮いているような感覚。あまりうまく答えられませんでしたが、終わったときには自分なりにできることはやったという充実感もありました。

結果発表は試験の数時間後、携帯電話への着信で知らされることになっていました。私はお台場のショッピングモールへ向かい、一人で携帯をぎゅっと握りしめてそのときを待っていました。期待半分、不安半分、携帯の音をすごく気にしているのに、他のことを考えて気をそらしながら……。

結局、約束の時間に携帯は鳴りませんでした。

落ちたとわかった瞬間に涙が溢れてきました。慌ててトイレに駆け込み、ドアをバタンと閉めて嗚咽するほど泣きました。こんなにショックを受けるとは自分でも思ってもいませんでした。次から次へと涙が溢れてきます。静まり返ったトイレで大きな声をあげて泣きました。

「あと一歩だったのに……。なにがダメだったんだろう……」

悔しさと諦めが入り交じった複雑な気持ちに襲われました。

「やっぱり私にアナウンサー試験を受ける資格なんてなかったんだ」

――短期集中講座での出来事――

実は試験の前、3日間の短期集中講座に通いました。そこで、アナウンサー志望の学生たちと缶詰になって猛勉強をしたのですが、他の子たちの「どうしてもアナウンサーになりたい！」という熱意に圧倒され、最終日の挨拶で「私だけ中途半端な気持ちで参加してしまって、ごめんなさい」とみんなの前で号泣してしまいました。

一時は試験を辞退しようかとも考えました。でも両親が講座のお金を出してくれたし、ここまでやってきたという思いもあったので、自分を奮い立たせて臨みました。でも、結果はついてこなかった。やっぱり私は変われなかったと思うと、自分に腹が立って唇を噛みました。

どれだけの時間泣いていたのか、どうやって家まで帰ったのかは憶えていません。でも、泣くだけ泣いて少し落ち着くと、不合格になった理由が自分なりに見えてきました。

結局、自分にはアナウンサーになりたいという熱意が足りていなかったのだろう。どれだけそれらしい志望動機を書いて一生懸命伝えたつもりでも、一番肝心なところが欠けていることを見透かされてしまったんだと納得しました。

キー局はダメでも、地方局を受けるという選択肢もありました。多くのアナウンサー志望者は、そうします。でも、私は悩んだ挙げ句「アナウンサー試験を受けるのはやめよう」と決意しました。いまの気持ちのまま受けても、また落ちるだけだと思っていました。

――一度は諦めた道だけど――

私は、一般企業への就活に向けて、気持ちを切り替えました。リクルートスーツに身を包み、美容関係、おもちゃメーカー、損保……業種を問わず企業説明会に行って、エントリーシートを書いては送るという日々が始まりました。相変わらず、なりたい職業は見つかりませんでしたが、とにかく就職しよう、アナウンサー以外の仕事を探そうと必死でした。そんなとき、「アナウンサーの仕事がしたいなら、うちに来ませんか？」と声をかけてくれたのが、今の所属事務所「セント・フォース」です。当時、美術の授業で一緒だったクラスメイトが所属していたこともあり、「話すだけなら……」と社長に会ってみることにしました。

会ってみて、フリーという選択があることを知りました。「いい返事を待っています」と言ってもらって嬉しい気持ちもありましたが、一般企業への就活にシフトした直後だったので、すぐに飛びつく気にはなれませんでした。一度諦めた道なのだから、そう簡単に翻ってはいけないと頑なになっていたのかもしれません。

1ヶ月以上、返事をどうするか悩みながら就活を続けていました。他の企業へのエントリーシートを書いていても、「どうしてもこの会社に入りたい！」という強い思いは湧き上がらず、それらしく書いてみても書類選考で落ちてしまう。根本的な解決策が見つからず、同じことを繰り返している自分が嫌で嫌でたまりませんでした。

時間を見つけては企業説明会に行ってみたり、自分の好きなことを紙に書き出してみたり、やりたい仕事を見つけようともがいていました。一体、自分はどんな仕事に就けばいいのかと考えすぎてよくわからなくなっていたとき、ふと目に留まったのが就活サイトの適職診断テストです。興味本位でやってみたところ、向いている職業の1位が「おもちゃメーカー」で、2位が「アナウンサー」という結果になりました。

そのとき、無意識に1位よりも2位に目がいっている自分に気がつきました。数多《あまた》ある職業の中で、一度は夢見たアナウンサーが上位に入ってくるなんて、信じられない気持ちでした。そして、とても嬉しかったのです。幼い頃から話し下手で華のある場所にいなかった自分には向いていないと思っていたアナウンサーの仕事。就職活動を通じていつの間にか憧れ、どうしようもなく惹かれていたのです。

フジテレビの最終面接までこぎつけたのもなにか素質があったからかもしれないし、今こうやって声をかけてくれるアナウンサー事務所もある。先のことはどうなるかわからないけれど、とりあえず、自分の可能性を信じてやってみよう。こうして、私はセント・フォースに所属し、フリーアナウンサーになることを決断しました。

アナウンサーを目指す過程で味わったのは、辛酸をなめた挫折でした。静まり返った夜のお台場のトイレで一人号泣したあの日のことを思い出すと、今でも少し胸が苦しくなります。

でも、あの経験があったからこそ、自分自身と真正面から向き合うことができました。強さも弱さもひっくるめて今の自分を受け入れ、前に進む力を手に入れた気がします。そして他業種にも目を向けて必死に将来を模索したことで、アナウンサーになりたいという本当の気持ちにも気がつくことができました。

これからアナウンサーになっても、きっとたくさんの壁にぶつかるだろうけど、どんなときも自分を取り繕うことなく、素直に立ち向かっていこう。役目を終えたリクルートスーツを見つめながら、私はそう心に誓っていました。

もう花束は見たくない

――固定給ゼロからのスタート――

「恵理那は将来、セント・フォースのアナウンサーになるんだ」

小学生の頃、テレビを見ていた父が突然、こう言いました。父は女子アナフリークで、テレビにお気に入りのアナウンサーが映ると、うんちくを話してくるような人でした。隣にいた私は、〝セント・フォース〟がなにを意味するかもわからず、「またおかしなことを言ってるな」とスルーしていました。

しかし、それから十数年後、父の予言（？）は見事に的中します。私はフリーアナウンサーが多く在籍する芸能事務所「セント・フォース」に所属することになり、フリーアナウンサーになりました。個人事業主としてマネジメント契約を結んだため、給与は固定給のない歩合制です。

仕事内容という点では、局アナもフリーアナもそれほど違いはありません。しかし、その働き方は大きく異なります。局アナはテレビ局やラジオ局などに勤務する会社員です。毎月一定の給与が会社から支払われ、担当する番組も会社によって決められます。

一方、個人事業主であるフリーアナが仕事を得るには、テレビ局から番組出演のオファーをいただくか、番組オーディションに合格する必要があります。コンスタントに仕事が入る保証はありませんが、自分で仕事を決めることができます。

給与は完全歩合制なので、出演番組が増えればそのぶん収入が増え、減ればそのぶん減る。この状況をポジティブに捉えれば自由でやりがいがあると言えますし、ネガティブに捉えれば不安定と言えます。

私は、大学4年生の春から事務所に所属してフリーアナとしてのキャリアをスタートさせたのですが、最初の頃は仕事がなかなか増えず、生活はギリギリの状態でした。社会人になってすぐ都内で母と二人暮らしを始め、「社会人になったのだから親のスネはかじりたくない」と、家賃は折半にしてもらいました。

家賃、生活費と貯金に回すお金を除くと、自由に使えるお金はほとんど残りませんでした。もともと物欲はあまりないですし、料理や手芸など、身の回りにあるものを使って手作りするのが好きだったので、節約生活をつらいと感じることはありませんでした。

――初レギュラーは『めざましテレビ』――

その頃の私が欲しかったのは、なによりアナウンサーとしての経験値でした。小さな歩みでもいいから、着実に前へ進んでいるという実感を味わいたかったのです。

記念すべき初レギュラーは『めざましテレビ』のリポーターでした。就活の最終面接で落ちてしまったフジテレビの朝の人気番組に自分が出るなんて思ってもみなかったので、仕事が決まったときは驚きました。就職活動の挫折から1年足らずで自分を取り巻く状況は大きく変わりました。未来は予想がつかないものなのだと改めて実感したのを憶えています。

私がリポートを担当したのは、グルメやファッション、コスメ、雑貨などのトレンドを紹介する「MOTTOいまドキ！」というコーナー。12人のタレントやモデルが毎回交代でリポートするため、私の出番は多くても月2回。出演時間はわずか4分間と短いものでしたが、とにかく仕事ができることが嬉しくて、プレッシャーよりも楽しさのほうが大きかったです。

翌年には日本テレビ『PON!』のお天気キャスターに就任。生放送も、芸能界の先輩との共演も初めての経験でした。毎回とても緊張しましたが、天気原稿を読むばかりでなく、コントをスタッフと知恵を絞り合って作り上げていく楽しさもあり、達成感と充実感を抱いていました。

私の出番があるのは月・木曜日の週2回でした。『めざましテレビ』の月2回に比べればかなり増えましたが、社会人1年目でフルタイムで忙しそうに働く大学時代の友人たちからは、学生時代と同じように気楽な毎日を送っているように映ったようです。

「週2だけ働けばいいなんて、うらやましいな」

友人たちの発言に深い意味はないと頭ではわかっていますが、こう言われると悔しい気持ちになりました。私からしたら、バリバリ働くみんなのほうがうらやましい。自分の時間なんていらない、もっと働きたいと心から思っていました。

――オーディションで〝エア弓道〟――

大学を卒業したばかりで経験もスキルもない新人フリーアナウンサーが仕事を獲得する

のは簡単なことではありません。しかも局アナと違って、デビューしたからといって注目されることはまず、ない。知られていない、ということが、どれだけのハンディなのか、もどかしい思いでした。

とにかく地道に出演を重ねていくしかありません。テレビ業界では4月に大きな番組改編が行われるため、大抵1月から3月までの期間に番組のオーディションが行われます。しかし、オーディションの開催は、年に数回ほどしかありません。その数回のオーディションで向こう1年分の仕事が決まってしまうので、「絶対に合格しなきゃ」と毎回必死でした。

オーディションの規模や内容は番組によってまちまちですが、参加者は私と同年代のフリーアナウンサーやタレントの女性がほとんどです。時には、仲のいい同じ事務所の子がライバルになることもありました。お互いに「緊張するね」「頑張ろうね」と声は掛け合うものの、内心は複雑でした。

オーディションは個別に行われることもあれば、グループで行われることもありました。グループ面接では、まわりの子がみんな自分よりも秀でているように見え、自信を失いかけましたが、とにかく一生懸命に自分をアピールしました。

原稿読みなど、基本的なアナウンサースキルを厳しくチェックされるのはもちろんのこと、自己アピールも重要視されます。あるオーディションでは「あなたの特技を見せてください」と言われ、弓道の弓を引くパフォーマンスを見せる〝エア弓道〟を披露したこともあります。相変わらず、特技らしい特技は見つからないままでした。

私はオーディションのたびに自分を見つめ直しました。今の自分のアピールポイントはなにか、仕事への情熱や前の仕事で得たスキルを伝えるにはどうすればいいかを毎回突き詰めて考えました。私の最も苦手とする作業です。原稿読みも伝わるように何度も何度も練習しました。

社会人になっても延々と就活が続いているような状態でした。

「いつまでこんな崖っぷちの生活が続くんだろう」

私は焦りを感じていました。とにかく仕事が欲しいと思い、私は他のアナウンサーにはない個性を身につけようと、いろいろなことを試してみました。なけなしの貯金をはたいてスキューバダイビングや野菜ソムリエの資格を取得したり、ブログのネタを探しにあちこちへ出かけたりもしました。それでも、テレビ局からオファーが来ることはなく、通るかどうかもわからないオーディションに挑み続けるほかありませんでした。

――投げ出された花束――

オーディションに合格し、新たにレギュラー番組が決まっても、ずっと番組に出続けられるわけではありません。大抵あらかじめ契約期間が決まっているのです。

局アナからフリーに転身した、キャリアも知名度も抜群のアナウンサーであれば契約が長期になったり、自動的に更新されたりすることもあります。しかし、新人の場合は、契約期間が数ヶ月から1年とあらかじめ決まっていることが多く、よほどの人気や実力がない限り契約が更新されることはありません。

契約が終了すると番組を卒業することになります。卒業というと聞こえはいいですが、要は降板。仕事がひとつなくなり、そのぶん収入も減るということです。その厳しい現実を突きつけてくるのが番組終了時に手渡される花束でした。

「新井さん、今日で番組卒業です。お疲れさまでした！」

番組を卒業するたびにスタッフの方から大きな花束をいただきました。普通ならもらって嬉しいはずの美しい花束を素直に喜ぶことができない自分がいました。契約終了は、マネージャーから事前に知らされています。でも花束を見て、本当に終わったんだ、とわかるとつらいものがありました。

もう花束は見たくない。

番組卒業の花束をもらうたびに、心の中でこう叫んでいました。そして、家に帰ると、花束を床に投げ出しました。花びらが散るのを横目に見ながら思いっ切り泣きました。

普段なら花束をもらうとすぐに花びんに生けるのですが、番組卒業時にもらった花束にはどうしても優しくしてあげることができませんでした。せっかくもらった花束に失礼なことをしているとはわかっていました。でも、気持ちのぶつけどころがなかったのです。

心の中で「ごめんね」と謝りながら花束を拾い上げる自分がとても小さい人間に思えて情けなくなりました。でも、いつまでも落ち込んでいるわけにはいきません。またオーディションを頑張って、新しい仕事を獲得するんだと気持ちを奮い立たせました。

――〝修業の5年〟で得たもの――

こうして何度も番組卒業の花束を手にし、そのたびに「もう花束は見たくない」という思いをバネにしてオーディションに臨み、新たなレギュラー番組を獲得して、また卒業して……。そんなループを5年ほど繰り返した頃でしょうか。あるときふと、「そういえば最近、卒業の花束をもらっていないな」と気がつきました。

『PON!』（日本テレビ）、『勝手にキャッチコピー委員会』（テレビ東京）卒業後には、『Oha!4 NEWS LIVE』（日本テレビ）と『速報Jリーグゴールハイライト』（BSスカパー!）、その翌年には『シューイチ』（日本テレビ）と『新・情報7daysニュースキャスター』（TBS）、そして5年目には『グッド!モーニング』（テレビ朝日）とレギュラー番組が徐々に増えていき、ラジオ番組『歌え!土曜日Love Hits』（NHKラジオ第1）も受け持つようになりました。

この頃には契約が更新されることが増え、やっとオーディションを受けなくても常に仕事があるという状態をキープできるようになりました。

5年〝も〟かかったのか、5年〝しか〟かからなかったのか。自分でもよくわかりません。でもオーディションと卒業を繰り返していた5年間は、私にとってかけがえのない〝修業期間〟となりました。情報番組のエンタメコーナー、お天気キャスター、スポーツ速報、バラエティ番組、ラジオなど、本当に幅広い仕事を経験したことで、フリーアナとして生き抜くための精神力とスキルが身についたと思っています。

新しい現場でもすぐに馴染めたり、原稿をスムーズに読めたり、ピンチのときにさっと機転を利かせられたり。ふとしたときに自分の成長を感じられるようになりました。

フリーアナウンサー9年目となる今でも、「いつ仕事がなくなるかわからない」という危機感は常にあります。数年後がどうなっているかさえ、わからない状況です。でも、常に背水の陣だからこそ、いま目の前にある仕事に全力で打ち込むことができ、枠にとらわれずにいろいろな仕事に挑戦できる。その小さな積み重ねが私の自信になっていきました。

心にゆとりがうまれれば、
花を生けたくなる

花を飾れば、
心が色づけられる

雨にルビ振る

―生放送の魔力―

テレビ、特に生放送は独特の緊張感があります。今でも「まもなく本番です」と声がかかると、背筋がピンと伸びる思いがします。駆け出しの頃は足がガクガク震え、手のひらは汗びっしょり。そして、緊張から数々の失敗も経験しました。中でも忘れられない失敗が二つあります。

ひとつ目は、アナウンサーになって2年目、『PON!』のお天気キャスターとしてデビューした初日の出来事です。

「○○地方の今日の天気は、晴れです」

元気よく天気予報の原稿を読み終えて、「あぁ、終わったー」と私は心の底からほっとしていました。「初めてにしてはうまくできた」と満足感に包まれていたのです。そのまま無事番組終了となり、「ありがとうございました。お疲れさまでした」と、共演者やスタッフのみなさんに挨拶をするつもりでした。しかし、エンディングにまさかの事態が起こります。

「先ほど天気予報にて○○地方の天気を『晴れ』とお伝えしましたが、正しくは『雨』です。訂正して、お詫び申し上げます」

佐藤良子アナウンサーがそう言って、カメラに向かって頭を下げているのです。一体なにが起こっているのか、状況を把握することができず、しばらくぼーっとしていました。そして、「あっ！」と思わず声をあげそうになりました。私が「雨」と伝えるべきところを「晴れ」と伝えていたのです。天気予報を間違えるという決定的なミスを自分が犯したことにようやく気がつきました。

小学1年生でも読める簡単な漢字を読み間違えるなんて。

あんなに何度も練習して本番に臨んだのに。

いきなり平手打ちを食らったような衝撃を受けました。血の気が一気に引いていき、頭の中が真っ白になりました。視聴者の方や共演者、スタッフのみなさんへの申し訳なさでいっぱいになり、番組終了後に思わず泣いてしまいました。

そんな私を見かねて、共演者の方やスタッフさんは「まぁ、初日だしね」「緊張するよね」などと優しく声をかけてくれました。それでも、間違った情報を世の中に出してしまった自分が許せず、しばらくは立ち直れませんでした。

生放送には魔力があります。いつなにが起こるかわからず、想像もしていなかったミスをしてしまう可能性があるのです。

天気予報のミスでそのことを痛感して以来、私は本番ギリギリまで準備に時間を割くようにしました。ディレクターから手渡された原稿の隅々にまで目を通し、誤字や脱字がないかを入念にチェックし、あればすぐに伝えて修正してもらいます。特に大事なキーワードにはラインを引いたり、ルビを振るなどして、情報を確実にお伝えすることを肝に命じ、本番に臨んでいます。

天気予報では、あのときと同じミスを二度と繰り返さないように、原稿の中に「雨」という漢字を見つけたら、必ずルビを振ります。「落ち着いて、一つひとつ確実に」と自分に言い聞かせながら、雨という漢字の上に「あめ」と赤字のルビを丁寧に振ります。それを見るたびに、信じられないようなミスに泣いた新人時代を思い出し、気の引き締まる思いがするのです。

――インタビューの洗礼――

天気予報と並んでもうひとつ、準備の大切さを痛感した新人時代の失敗があります。初めてのインタビューで、ある役者の方に話を伺ったときのことです。事前に過去の出演作品を観るなどして、自分なりに準備して臨んだはずでした。でも、その方のバックグラウンドに関する知識が全然足りていなかったのです。

話を伺ううちに「それはなんですか？」「どういう意味ですか？」と初歩的な質問が重なってしまい、次第に話の本筋がずれていってしまいました。相手の方は準備不足の私に呆れたようで、にやにやし始め、まともに取り合ってくれません。最終的には「君、面白いね」と茶化されてしまって……。結局、当初聞きたかったことがほとんど聞けないまま、約束の時間を迎えてしまいました。

インタビューが終わって一人になると、まったく仕事ができなかった自分への腹立たしさから、またも涙が込み上げてきました。相手の方が話してくれなかったのではなく、話す気を削いでしまうほどこちらが準備不足だったのです。茶化されたのは意地悪ではなく、私の至らなさを笑いに転じさせようとする優しさでもあったと感じ、申し訳ない気持ちでいっぱいになりました。

生放送ではなく収録であれば、編集作業によって使えない部分をカットし、ナレーションをつけて、それなりの形にすることができます。後日、編集されたＶＴＲを見ると、なんとかインタビューとして成立していました。でも、私は納得していませんでした。「本当にやりたかったインタビューはこれじゃない。もっと核心に触れたかったのに……」と悔しい気持ちが再び蘇ってきました。

それ以来、インタビューをするときも、時間が許す限り入念に準備をするようになりました。

例えば、役者の方にインタビューする場合、過去の出演作品を観るだけでなく、雑誌などのインタビュー記事、作品関連の資料にも目を通します。インタビューには直接関係はないかもしれませんが、相手の方がどんなキャリアやパーソナリティを持っているのか、どんなものの考え方をして、なにに興味があるのか——。そこまで把握して初めて、話を広げたり、深く掘り下げたりすることができるようになるのだと思います。準備に手を抜けば、自分に返ってきてしまう。逆に、準備を丁寧に行えば、本番で自分を助けてくれるのです。

——入念に準備して、一旦忘れる——

逆にたくさん準備をしても、戦い方が未熟なため、インタビューがつまらないものになってしまったという失敗もあります。リサーチを重ねる中で相手のイメージを自分の中で固めてしまい、「～ですよね？」と、自分のイメージを押し付けるような質問の仕方をしてしまったり、細かくメモを書き込んだ台本に気をとられて、相手のふとした表情の変化を読み取ることができず、ただ用意した質問をぶつけるだけになってしまったこともあります。

インタビューが事前情報の確認作業になってしまっては面白くありません。私だからこそ引き出せるエピソードや言葉がきっとあるはずと、いまは毎回そう思ってインタビューに臨んでいます。とても難しい仕事ですが、目の前にいる一人の人間ときちんと〝関わり合う〟ことができたと感じられると、とても大きな達成感があります。

そのために、質問の仕方や順序、間の取り方などには注意を払うようにしています。そうしたポイントやコツも、やはり人に教えてもらうことではなく、経験を重ね、毎回失敗に泣きべそをかいて覚えていったものでした。ただ、チャンスがあれば、アナウンサーの先輩にヒントを伺うこともあります。

どうしてもスムーズに話すことが難しく悩んでいたとき、『グッド！モーニング』のメインキャスターを務める坪井直樹アナウンサーに尋ねたところ、こんなアドバイスが返ってきました。

「しっかり準備をして、本番前に一旦すべて忘れる。そうすると自信を持ちながらも自然に振る舞えるんだよ。大丈夫、入念に準備したことはきちんと頭に残っているから、必要なときにちゃんと思い出せるよ」

聞いた瞬間、目から鱗が落ちました。それ以来、入念に準備して自信をつけたら、あとは流れに身を任せ、そのときの会話に集中するというのが、私のスタイルになりました。

はじめはうまくいかないことばかり。

「一生、自分にはできない」と自信がどんどんなくなって涙ばかり溢れていたけれど、悔しさを繰り返して、試行錯誤するうちに、必ずできるようになる。いまならそう言い切ることができます。小さな成功体験の積み重ねがやる気につながり、また新たなチャレンジに力を注ぐ。つらいことも、後に楽しみながらできるようになるということは、大きな収穫でした。

いまだに新しい挑戦は不安で失敗も後悔もするけれど、ためらわずに次の一歩を踏み出す勇気を思い出すのです。

ご近所付き合いは
うまくいっているのかな?

もう花束は見たくない。
番組卒業の花束をもらうたびに、心の中でこう叫んでいました。
そして、家に帰ると、花束を床に投げ出しました。

誰といても自然体で

――上司も部下も同僚もいない――

駆け出しの頃は仕事がなく、週休5日状態だった私も、ここ数年でようやく社会人らしい忙しさになり、友人たちと〝肩を並べて〟仕事の話ができるようになりました。

仕事の話で必ずと言っていいほど話題に上るのが、職場の人間関係にまつわる悩みです。上司への不満、同僚との確執、部下への小言……。それを聞くたびに「会社の人間関係は難しいな」と感じます。でも、組織の中でうまく立ち回るためのアドバイスをしてあげることはできません。

特定の企業に属さないフリーアナの私には、上司や部下、同僚という存在がいません。テレビ局のアナウンス部に所属する局アナであれば、友人たちと同じように職場の人間関係に悩んだり、逆に喜びやつらさを分かち合える仲間がいることの心強さを感じたりするのでしょうが、フリーにはそれがありません。

仕事のいろはを教えてくれる先輩がいるわけではないので、新人の頃は、いつも現場に行くとひとつでも多くのことを吸収しなければと必死でした。その都度、間違いを訂正してくださる方やアドバイスをくださる方はいらっしゃいますが、一から「こういうときはこうする」という〝型〟を教えてはもらえません。

なんでも、見よう見まねでやってみるしかありませんでした。局アナの方がどういう表現を使っているかをよく聞いて参考にしたり、反省会で失敗のパターンを学んだり、家で録画した番組を見ながら一人で研究したり……目と耳をフル稼働して、自分の力に変えてきました。

頼れる先輩や励まし合える同期、自分の背中を見せる後輩がいないことを寂しく感じることも正直、あります。どの現場に行っても、アウェーな感じがしてしまう。「私には誰も味方がいないんだ」と孤独を感じることもありました。

その反面、友人たちのように職場の人間関係に悩むことがないので、気楽だなと思うこともありました。会社員とフリーランス、どちらがいいというわけではなく、どちらにもメリット・デメリットがある。働き方として、どちらが自分により合っているか、ということなのかもしれません。

流れに身を任せてここまでやってきましたが、私はどちらかというとフリーランスが向いていたのだと思います。幼い頃から集団行動が苦手で、自分の気持ちを取り繕ってまわりに合わせる、ということが好きではありませんでした。たとえ目上の方と一緒でも、自分の興味のない話には無理に立ち入りませんし、自分を偽って愛想笑いをしたり、相槌をたくさん打って話を盛り上げたりすることもありません。

もしかしたら、それを生意気だと捉えられることもあるかもしれません。でも、自分に嘘はつけない。自分に嘘をつくと相手にも嘘をつくことになる。それは失礼なことなのではないかと感じます。その場はうまく収まるかもしれませんが、後々自分の首を絞めることもあります。そのことを私は就職活動を含め、これまでの人生経験から学びました。

――心地いい〝四姉妹〟の関係――

外見はおとなしそうに見られるのですが、性格は結構サバサバしていて、「意外と中身は男前だね」と驚かれることがよくあります。言いたいことがあれば、遠慮せずにはっきりと相手に伝えますし、相手にもそうしてもらいたいと思います。

選ぶ言葉や話すトーンによって同じ内容でも伝わり方が違ってくるので、伝えるときは慎重になりますが、誰に対しても、できる限り自分の本音を伝えたいと思っています。幼い頃アメリカで暮らしていたことや、「遠慮しない関係を築きなさい」という父の教えが影響しているのかもしれません。

そんな私なので、女性が大人数で集まる〝女の園〟のような職場では、きっとうまく立ち回ることができないだろうなと想像できます。女性同士特有の過剰に気を遣い合ったり、褒め合ったりする関係にどうしても居心地の悪さを感じてしまいます。

そんな不器用な私にも、心を許せる同性の先輩・後輩がいます。テレビ朝日系『グッド！モーニング』で共演している、松尾由美子アナウンサー、島本真衣アナウンサー、福田成美さんです。その年齢やキャリアの違いから〝グッド！モーニング四姉妹〟と呼ばれるようになりました。番組内で各々の日常生活の話をすることもあれば、番組のブログを交代で書くなど、なごやかに活動しています。

『グッド！モーニング』は毎週月曜から金曜までの朝4時55分から8時まで放送している情報番組です。四姉妹のメンバーとはもう何年も一緒に番組をやっていて、毎朝現場で顔を合わせます。控え室も一緒です。それぞれ眠気まなこのすっぴんで現れ、一緒に朝ごはんを食べたり、メイクをしてバタバタと支度をしたり……。そんなことを毎日繰り返しているので、すっかり気心が知れた間柄になりました。たわいもない世間話からプライベートのこと、仕事の悩みまでざっくばらんに話します。

あまりにも一緒にいる時間が長いので本当の四姉妹のように錯覚することもありますが、変にベタベタすることはなく、お互いを尊重して〝いい距離感〟を保つことができていると感じます。この付かず離れずの関係が私にとってはとても心地いいのです。

――気を遣いすぎない――

四姉妹の〝長女〟にあたる松尾アナは、一本筋の通ったしっかり者のお姉さんという印象です。でも、実は末っ子気質も持ち合わせていて、チャーミングな一面もあります。

島本アナは、まさに〝次女〟というイメージで、いつも周囲をよく見ていて、とても気配り上手です。松尾アナも島本アナも仕事の相談をすると親身になって話を聞いてくれる、優しいお姉さんです。

〝四女〟の福田さんは、同じセント・フォースに所属しているフリーアナで大学の後輩でもあります。彼女のことは学生の頃から知っていますが、とても真面目で努力家。私と同じく頑固なところもありますが、遠くから見守りたくなるような、かわいい妹分です。

〝三女〟の私はというと、こう見えて四姉妹の中では一番の姉御肌かもしれません。白黒はっきりしているので、みんなから頼りにしてもらえることもあります。

例えば、四姉妹でなにかを選ぶとき、お互いに遠慮し合って、なかなか決まらないということがあります。最初はワイワイ言いながら楽しんでいるのですが、だんだん時間だけが過ぎていき、誰か決めてくれないかなという雰囲気になってきます。

そんなときは私が「遠慮せずに好きなものを選びませんか？」「別にかぶってもいいじゃないですか」と声をかけて仕切ることがあります。時には長女から、はたまたじゃんけん勝ち順で、などと提案すると、すんなり決まることが多いです。もちろん、お互いに譲り合うことも大事ですが、過剰な気遣いはするほうもされるほうも疲れてしまうので、なるべく風通しのいい現場になったらいいなと思います。

四姉妹はキャリアもキャラクターも異なりますが、みんな仕事に対して並々ならぬ情熱とこだわりを持っているという点は共通しています。より良い番組を作るためにはどうすればいいか、自分にできることは何かを常に追求する姿勢にはすごく共感できますし、とてもいい刺激を受けます。家族のようでもあり、同志のようでもあり、ライバルのようでもあり。この不思議で素敵な関係をこれからも大切にしていきたいと思っています。

――境界線とタイミングを見極める――

最近では、さまざまなバラエティ番組や情報番組に出演させてもらえるようになり、芸能界のキャリアが長いベテランの方々と共演する機会も増えてきました。大御所と呼ばれる方々との共演はとても緊張しますが、そんなときこそ自分を良く見せようと背伸びせず〝普段着の自分〟でいることを心がけています。

気に入られたいからと気を遣いすぎたり、媚びたりするのは自分を取り繕っているようで居心地が悪いですし、人生経験豊富なベテランの方にはすぐにそれを見抜かれてしまうはずです。それならば最初から自然体でいたほうがいいと思います。

「人懐っこい」と「うっとうしい」は似て非なるものです。その境界線はどこなのかを見極めて、付かず離れずのいい距離感を保っていると、あるときふと大先輩の方から話しかけていただいたり、仕事のアドバイスをいただけることがあります。人と人が心の距離を縮めるにはきっとタイミングというものがあるのだと思います。

2017年春からTBS系『所さんお届けモノです！』という番組で、所ジョージさんと共演させていただいているのですが、先日、収録前に、所さんが「ジャム作りに凝っているんだ」と意気揚々と話していました。それがとんでもなく手間のかかる作業のようなのです。私はまだ話をする時間が許されるかどうか様子を見てから、こう尋ねてみました。

「どうしていつも、あえて遠回りをするんですか」

所さんがあえて手間のかかることをしているのは、ずっと気になっていたことでした。すると、「知りたいのね、新井クン。教えてあげよう」と例え話を交えながら、説明してくださいました。

それは一言でいうと、「幸せを感じるため」ということでした。さまざまな身分を表す「駕籠《かご》に乗る人、担ぐ人、そのまた草履《わらじ》を作る人」という言葉があるけれど、カゴに乗る人より、カゴを担ぐ人、そのワラジを編む人のほうが自然を感じたり、手を動かしたりして、より幸せを感じているはず。みんな頑張ってカゴの中の人を目指すし、人間というのはその地位を得たら、それ以下にはもうなれないものだから、結局、カゴの中でワラジを編む人が一番幸せなんだと思う、というのが、所さんの持論だったのです。

幸せの本質が見えたような気がして、ハッとしました。誰からも愛され、すでに幸せを手に入れているはずと思い込んでいた方でも、幸せであろうと、常に努力していることに驚かされました。

自分も幸せへの近道を探すのではなく、なにが幸せか、しっかりと目を開いて日々を過ごしていこう、と心がけるようになりました。

自分にも人にも素直でいること。焦らずに時間をかけて距離を縮めていくこと。この二つが仕事の人間関係において私が大切にしていることです。年齢やキャリア、立場に関係なく、お互いが自然体でいられる心地よい関係を、さまざまな人たちと築いていけたらと思っています。

最終チェッカーとしてのこだわり

――校閲もアナウンサーの仕事――

シワひとつないきれいな衣装を着て、用意された原稿を手に持って、カメラの前で微笑むアナウンサー。そこだけを切り取れば、表舞台に立つ華やかな職業だと思われるかもしれません。確かに、番組の作り手は制作スタッフで、アナウンサーは出演者という立場です。原稿を正確に読み、番組を滞りなく進めるのが仕事です。

でも、与えられた原稿をただ読むだけでは、情報を正しく、わかりやすく視聴者の方に伝えることはできません。そこに至るまでにはさまざまな準備や心がけが必要で、カメラの前に立つ数時間前からアナウンサーの仕事は始まっています。

私は２０１５年から、テレビ朝日の情報番組『グッド！モーニング』にレギュラー出演しています。現場に入ると、まず自分が担当するコーナーのニュース原稿が手渡されるのですが、その前に原稿の元となる新聞を読みます。隅々まで読んで内容をしっかりと頭に入れてから、番組ディレクターが書いた原稿に目を通します。

原稿だけを読めばいいのではと思われるかもしれませんが、原稿だけで完結してしまうと、原稿に事実関係と異なるミスがあったときに気づけない可能性があります。そのために新聞と照らし合わせて確認します。

原稿は最低でも3回読みます。1回目はまずストップウォッチで時間を計りながら声に出して読み、内容に誤りがないかをチェックします。また、話の流れに違和感はないか、説明が足りない箇所はないか、誤字・脱字はないか、ルビは正しく振られているかなど、細かくチェックします。

原稿に赤字を入れたらディレクターに戻して修正してもらいます。修正原稿を受け取ったらもう一度目を通し、修正がきちんと反映されているかをチェックします。万が一修正漏れがあれば、もう一度修正してもらいます。こうして本番用の原稿ができ上がります。

2回目はスタジオに移動しながら、本番直前にもう一度読み口を慣らします。こうして、声に出して自分の耳で聞くことを繰り返すうちに、読みにくい漢字や間違えやすい漢字があれば、どんなに簡単なものでもルビを振り、ポイントとなるところにラインを引くなどして、強調できるようにします。ここは低く、ここは高くと抑揚をつけて読めるように印をつけることもあります。手渡されたときは白黒のみのきれいな原稿が、赤い文字や線で染まり、私仕様の原稿に変わっていきます。

新聞や雑誌であれば、記者や編集者以外に印刷前に原稿をくまなくチェックする専門職の校閲者がいます。しかし、テレビの世界に校閲者はいません。放送中にミスがあればすぐにスタッフが訂正指示を出しますが、本番前に原稿を校閲することは、生放送の現場で最後に言葉を口に出して視聴者の方に届けるアナウンサーの責任だと思っています。

――あらゆるところに目を配る――

特に生放送の場合は時間との戦いです。現場には100名ほどの制作スタッフがいますが、常にバタバタしていて、その忙しさから制作スタッフが思わぬミスをしてしまうこともあります。そこをフォローするのもアナウンサーの仕事です。

制作スタッフと出演者という役割分担はあれど、みんなでひとつの番組を作り上げているチーム。そうした意識を持って、原稿、映像、フリップなど、現場のあらゆるところに目を配り、ミスがないかをチェックしています。アナウンサーは番組の最終チェッカーなのです。

ミスを指摘するほうもされるほうも気分のいいものではありません。多少の誤字・脱字であれば黙って修正してしまうこともできます。でも、それをやってしまうと、スタッフが次にまた同じミスをしてしまう可能性がある。だから私はどんなに小さなミスでも、気づいたらすぐに伝えます。

ミスを指摘するときは、感情を込めずに淡々と伝えるようにしています。若いスタッフには口うるさいと思われているかもしれませんが、それでも構いません。ミスをしたときにそれをきちんと指摘したり、フォローしたりしてくれる人がいることのありがたさを、新人時代の経験から身をもって感じたからです。

という私も時にはミスをしてしまうことがあるので、スタッフが気づいたことがあれば、どんな小さなことでもすぐに伝えてほしいとお願いしています。私はアナウンサーとして情報を正確に伝えるという使命に全力で取り組むので、スタッフにも番組作りに全力で取り組んでほしい。そこに遠慮はいらないと思っています。

最終チェッカーとしての役割は本番中も続きます。原稿とは内容の異なるVTRが流れたら「映像が異なりますね」とアナウンスし、VTRが差し代わるまでその場をなんとかつなぎますし、指示出し用のカンペが間違っていたら、すぐにアイコンタクトをとってスタッフに伝えます。

生放送はいつ、なにが起こるかわかりません。こんなことは年に一度あるかないかですが、突然のアクシデントで番組MCが原稿を見失ってしまったり、声が出なくなってしまったりといった万が一の事態も想定し、いざというとき自分がきちんとフォローできるよう、隣のアナウンサーが読んでいる原稿も必ず目で追い、心の中で一緒に読み上げています。

役割は違っても、同じ方向を向き、それぞれが全力でゴールに向かってひた走る。それがチームで仕事をするということだと思っています。

―その先に誰がいるのか―

私が原稿を読むときに心がけているポイントは大きく4つあります。

①新聞や原稿をしっかりと読んで内容をきちんと把握してから話すこと。

②抑揚をつけたり、キーワードとなる言葉を強調するなど、メリハリをつけて話すこと。

③文脈を意識して話すこと。

④自然に聞き入れられるアナウンスを心がけること。

③の〝文脈〟には、文章と文章の流れだけではなく、番組全体の流れも含んでいます。情報番組ではさまざまなニュースを扱うため、明るいニュースもあれば、暗いニュースもあります。話題が切り替わるときに「さて」とか「続いては」などの接続語をつけるのはもちろんのこと、声のテンションや表情も工夫します。

例えば、暗いニュースから明るいニュースに移るときは、いきなりテンションを切り替えるのではなく、まずモニターをしっかりと見て、目線を一度落としてから再び上げたり、間合いを少し長めにとったり、毎回工夫をしています。決まった型があるわけではないので、その都度考え、本番前にいろいろなパターンを試してから決めています。

④は、時間帯や視聴シーンを意識するという意味です。例えば、『グッド!モーニング』のような朝の番組は、視聴者の方がいい気持ちで朝を迎えられるように、ベースとして、フレッシュで溌剌《はつらつ》とした雰囲気になることを心がけています。バタバタと朝の支度で忙しい時間帯でもあるので、伝えたい情報がきちんと届くよう、よりメリハリをつけて話すようにしています。

――テレビとラジオの違い――

一方、TBS系『新・情報7daysニュースキャスター』は土曜22時からの放送です。私はお天気キャスターとして登場しますが、週末の夜なので、元気いっぱいというよりは、少し落ち着いたトーンで丁寧に天気を伝えるようにしています。

お天気キャスターに就任したばかりの頃、TBSの安住紳一郎アナから「どんな人が見ているだろうか?」と問われたことがあります。

「誰が見ているかわからないのがテレビ。老若男女、さまざまな方がテレビの前にいると思って話したほうがいいよ」

そう言われるまで、朝昼夜といった時間帯やメインの視聴者層しか意識していませんでしたが、安住さんのアドバイスを受けて、誰がどんなシーンで視聴しているのかというところまで想像力を働かせるようになりました。視聴者層を意識しつつも、あまり絞り込みすぎないことも大切だと気がつきました。

大多数の人に向かって話すテレビと違い、ラジオは話し手と聴き手、一対一の世界です。〝私〟から〝あなた〟に向かって語りかけるような、少し親密さを交えた話し方を意識しています。

私が担当しているNHKラジオ第1『歌え！土曜日Ｌｏｖｅ Ｈｉｔｓ』は土曜の昼からの放送です。「ドライブをしているかな？」「いつもよりゆっくり起きてまだちょっと眠い状態で聴いているかな？」とリスナーがどんな状況にいるのか、想像を膨らませながら話します。

テレビやラジオの向こう側にいる人が、いつ、どんなシーンで聞いているかに想像力を働かせて、なるべく自然に溶け込むように……。これが私の理想とするアナウンスですが、なかなか難しく、今でも試行錯誤を重ねています。

テレビをもっと面白く

――自分の言葉で話したい――

フリーアナウンサーになって9年が経ちました。今でこそ、カメラの前でも自然体でいられるようになりましたが、最初の頃は「アナウンサーはこう言うべきなのだろう」と思い込み、あれはダメ、これはダメとガチガチに固まっていました。普段の自分はいつどこにいても割と自然体でいられたのに、カメラの前に立つとスイッチが切り替わって、理想の女子アナ像を演じようと肩に力が入ってしまいました。

もともと自分に嘘をつけないタイプ。お世辞も下手で、あまり機転の利くほうではありません。発言する前にものすごく頭で考えてから言わないと、取り返しのつかない〝地雷〟を踏んでしまいそうな気がしていたように思います。そして、間違った言葉遣いをしないように、余計なことは言わないようにと言い聞かせるうちに、いつしか自分の話したいように話せなくなっていたのです。

アナウンサーの基本は情報を正確に伝えることです。しかし、より多くの人に興味や関心を持ってもらうためには、正確さに加えて、わかりやすさや親しみやすさも必要になってきます。そこで大切なのが人間味、その人らしさということになります。本音で語らない人間には、誰も親しみを感じることはないでしょう。だからこそアナウンサーも、用意された言葉ではなく、自分の言葉で話すことが求められるのです。

しかし、私は正確性にとらわれるあまり、自分の言葉で話すことを怖がるようになってしまいました。話をする前に頭の中で言葉を選ぶ癖がついてしまい、思うように話すことができない……。

気がつけば、普段のコミュニケーションすら億劫に感じてしまうこともありました。言葉を操りたいのに、言葉に操られてしまっている自分が歯がゆく、悔しさを感じるようになっていました。

――バラエティで学んだこと――

自分の思うように話せない。気の利いたことがなにも言えない。

そんなモヤモヤとした思いを抱えていた私を変えてくれたのは、バラエティ番組でした。フリーアナとして幅広くお仕事をさせていただく中で、バラエティ番組の司会を務めたり、ゲストとして番組に呼ばれたりする機会が自然と増えていきました。

バラエティ番組で求められるのは、日頃の疲れやストレスを忘れさせてくれる笑い、面白さです。台本はありますが、アドリブを求められることが圧倒的に多く、とっさに機転を利かせたり、実感のこもったコメントをする必要があります。

もちろん最初は芸人の方たちのスピード感についていくことができず、会話に入ることもままならず、ニコニコすることしかできませんでした。それが、自分を飾ることなく、笑いに全力を注ぐ芸人の方たちの仕事ぶりを見て、凝り固まった自分の頭と心が少しずつほぐれていきました。

「余計なことを考えないで、とにかく思うように話してみよう」

いくつかのバラエティ番組に出演するうちに、開き直りに似た気持ちが生まれてきました。また、「こう言いたかった。言えばよかった」という反省を繰り返すうちに、頭で一生懸命考えなくても、自然に適切な言葉を選んで自分の思いを話せるようになっていきました。そして、「自分の思うように話しても、ちゃんと伝わる」というのは、私にとって新しい発見でした。

カメラの前でも自然体で話せるようになると、「放送上、ここまでは言えるけど、これ以上はダメ」というギリギリのラインが見えてくるようになりました。それと同時に、テレビという限られた枠の中でギリギリを攻めたいという欲が芽生えてきました。

私は「面白くないとテレビじゃない」と思っています。アナウンサーだからといって、当たり障りのないことを言うのではなく、ユーモアのある発言ができるようになりたい。そう考えると、どうしても言える内容をギリギリまで話したくなってしまいます。事務所のマネージャーさんはそんな私を見て、いつか踏んではいけない地雷を踏むのではないかとヒヤヒヤしているようです。「あまり無理をしないでほしい」と、念を押されることもありますが、そこまでに変われたことを少し嬉しく思っている自分がいるのです。

―かわいいよりも面白く―

実際に自分からギリギリを攻めようとして〝地雷〟を踏んでしまったこともあります。大人数でトークを展開するバラエティ番組に出演した際、隣の方にこう聞かれたんです。

「自分のこと、かわいいと思っているでしょ？」

その瞬間、「あ、きたな」と身構えてしまいました。これまでの人生でもこう聞かれることがあり、そのたびに返答に困っていたからです。「全然そんなことないですよ」と答えるのが、女子アナとしての模範解答。でもそれではバラエティ的には面白くありません。本心からそう思っていたとしても「本当はかわいいと思っているくせに」と言われてしまいます。面白くもないし、好感度も上がらない。いいことはひとつもないと思います。

私の本心は「かわいいねと言われるよりも面白いねと言われたい」です。かわいいと言われるのはありがたいことですが、どうしても面白味がないと言われているようで、その人との距離が縮まる気がせず、寂しい思いがするのです。

そこで私は考えて、「親には感謝しています」と答えました。女子アナとしてギリギリのラインを攻めたつもりなのですが、それはそれでネットなどで多少のバッシングを受けてしまいました。

　この質問をされたとき、一体どう答えるのがいいのか、いまだに答えは見つかりません。でも、次同じ質問をされたら、もっとウィットに富んだ返答で番組を盛り上げたいと密かに考えています。

　バラエティ番組に出るとまず最初に「ミス青山」「セント・フォース所属」「レギュラー番組多数」といったプロフィールがクローズアップされ、「順風満帆な人生だね」と言われます。

　確かに、これといって特技も個性もない私が、こんなふうに人前に出る仕事をさせてもらえていることは、とてもありがたいことだし、運が良かったと思っています。でも、私の性格や価値観、これまでの努力といったものは、そのプロフィールからは一切見えません。女子アナとしてのイメージが先行してしまうことに、窮屈さを覚えることもあります。

　外見もなぜかおとなしく見られてしまうのがずっとコンプレックスでした。幼い頃から第一印象で「静かな子」と見られてしまい、距離を置かれてしまう。「本当の私は違うのに」と思っていました。なんとかそのイメージをひっくり返したいと思って、たくさん話しかけたり、ひょうきんに振る舞ってみたり、必要以上にオープンに人と接してきました。

でも、今ではそのギャップを逆に個性と捉えればいいのかなと思い始めています。「意外とこんな大胆なことを考えているんだ」「こんな表情をするんだ」というギャップが私の個性や魅力になるのかもしれない、と前向きに考えられるようになりました。

――イラストという表現手段――

4年ほど前から、『新・情報7daysニュースキャスター』の天気予報コーナーで、天気にまつわるイラストを描いていますが、それもアナウンサー「新井恵理那」の個性のひとつと言えるかもしれません。

もともとは、天気予報に絡めて全国各地のお祭り情報を伝えるミニコーナーがあり、そこでお祭りの写真があしらわれたフリップに名前の部分だけ手描きしていました。しかし、そのコーナーがなくなり、代わりに天気の締めコメントを言うことになりました。ただコメントを言うだけでは面白味に欠けるのではないかと思って、「天気のイメージ画を描きましょうか?」と提案してみました。試しにやってみたらディレクターが「いいね」と言ってくれて、そのまま定番化していきました。

毎回天気のイラストの主人公には、番組のMCを務めるビートたけしさんをキャラクターとして描いています。最初はあまりにも似ていなくてご本人にもまったく気づいてもらえなかったのですが、半年くらい経った頃でしょうか、たけしさんが「俺か？」と気づいてくださいました。

普段は中継現場からシンプルに天気をお伝えするだけで、スタジオとのやりとりはないのですが、たまにたけしさんが絵にツッコミを入れてくださることがあります。突然話を振られるので、とてもドキドキするのですが、うまくアドリブで返してやりとりできたときには、しびれるくらいの嬉しさを感じます。こういう瞬間があるから、やっぱり生放送はたまりません。

絵はいつも本番中に描いています。打ち合わせとリハーサルを終えてからでないと、お天気コーナーがどんな内容になるかもわからないので、どんな絵を描くかも決められないからです。22時からオンエアが始まって23時くらいに中継現場へ出発するのですが、その1時間でどんな絵にするかを決めて、一気に描き上げます。時間がないので、毎回かなりヒイヒイ言いながら描いています。

絵は鉛筆で下描きをしてから、サインペンやクレヨンで仕上げています。時間が足りず、中継が始まる直前まで色を塗っていることもよくあります。イラストの本を買って描き方を勉強してみたり、たまに折り紙を使って絵に変化をつけたり、立体にしてみたり。視聴者の方に楽しんでいただけるよう、自分なりに工夫を凝らしています。

頑張ったときに限ってスタジオや視聴者の方からの反応がイマイチということもありますが、こうした機会を与えてもらっている以上は、手を抜かずにベストを尽くしたい。だから毎回ギリギリまで自分を追い込んでいます。

私は、ゼロベースからなにかを始めることが得意ではありません。なんでも自由にやっていい状況下では、いろいろなことを実行したくなって定まらなかったり、逆に何から手をつけていいのかわからず途方にくれてしまったりします。逆に、ある程度ルールや枠が決まっていると「これならできるかな?」と自分なりのアイディアがぽつりぽつりと出てきます。基本の型を身につけてから、その型を応用して自分のスタイルを少しずつ形作っていく。その方法が自分には合っているのかなと思います。

このようにして、「新井恵理那」の個性は少しずつ形成されていきました。与えられた環境で自分を客観視して、思い描く人物像へ自らをプロデュースしていく。その過程で、ギリギリまで攻めることも求められるし、趣向を凝らすことで、番組のプラスにも、自分の個性にもしうるのだと実感しています。

でも、「誰かと違う、特別な自分」が見つからず、それを持っていない自分はダメなんじゃないかと落ち込んでしまうときもありました。いまでも「自分はこんなにも個性的だ」と胸を張って言えるほどの自信はありません。

そんな、特化していない自分を楽にしてくれたのは、〝普通〟の感覚もひとつの大きな武器になるのだと教えてもらったことでした。大衆に向けたメディアに出るとき、かゆいところに手が届くような発言ができることは多くの共感を呼びます。視聴者の方が「あるある」とうなずけるような考えは、多くの人に寄り添うことになるのです。

そして私は、自分の好きなことや伸びそうなところに挑戦はするものの、何度試しても好きになれないものや苦手なことは、無理せず〝普通〟を目標にすることにしています。それはそれで、難しさもあるけれど……。

テレビを生き抜く先輩方の言葉

――目指すべきアナウンサー像――

「目標とするアナウンサーは誰ですか？」

「どんなアナウンサーを目指していますか？」

インタビューを受けると必ずと言っていいほど尋ねられる質問です。幼い頃から目標を定めるのが苦手だった私は、いまだに自分の目指すべきアナウンサー像を見つけられずにいます。

でも憧れの人は大勢います。それは、テレビという厳しい世界を生き抜いてこられた先輩方です。私が進むべき道に迷ったり悩んだりしたとき、いつも背中を押してくれたのは、先輩方にいただいた心強いアドバイスでした。

そのどれもが私にとってかけがえのない宝物ですが、中でも心に強く残っている言葉を紹介します。

「愛のないツッコミはダメだよ」（ふかわりょうさん）

アナウンサーになって3年目、情報番組『シューイチ』でふかわりょうさんと一緒に初めてロケをさせてもらったときのことです。番組プロデューサーから「ふかわさんをとにかくいじり倒して」と指示されたので、緊張しながら私なりに全力でいじり倒しました。ふかわさんの言葉尻を捉えて、容赦なくツッコミを入れていたのです。自分としてはきちんと役目は果たせたと感じていました。

するとと休憩のときに、ふかわさんがシリアスな口調でこう言ったんです。

「あなたねぇ、愛のないツッコミはダメだよ」

ドキッとしました。とてもショックで、言葉の真意をきちんと理解できないままロケは終わってしまいました。実はふかわさんは國學院高校の先輩で、私なりに親しみを持ってツッコんでいたつもりだったのですが、それはまったく伝わっていなかったようです。

その後、バラエティ番組でさまざまな芸人さんと共演させていただく中で、言葉のやりとりによって笑いが生まれるのが〝ツッコミ〟で、頭ごなしに否定するのは単なる〝ダメ出し〟にすぎないのだと気がつきました。そして、ツッコミにあってダメ出しにないのは〝愛〟なのだとも。

それ以来、ツッコミを入れる際は相手の方への愛情と尊敬の念を忘れないように意識しています。お笑いの世界は奥が深くて本当に難しいのですが、経験を積んで、少しは〝愛あるツッコミ〟ができるようになってきたのではないかなと思っています。

そういえば先日、ご一緒したバラエティ番組で、新人に厳しい活を入れた先輩〝ふかわさんの黒歴史〟としてこのエピソードを紹介させてもらったのです。時を経た、私なりの愛を込めたいじりでした。ふかわさんが「あのときは本当にごめんね」と謝ってくださる場面があり、番組はかなり盛り上がりました。甘酸っぱいいい思い出になりましたし、真摯に指導してくださったふかわ先輩には感謝しかありません。

「芸能人はオシャレせな！」（ますだおかだ　岡田圭右さん）

タレントとしての側面もあるフリーアナとしてセルフプロデュースすることの大切さに気づかせてくれたのが、岡田さんのこの言葉です。岡田さんとは新人時代に『ＰＯＮ！』

でご一緒していたのですが、私は当時〝山ファッション〟にハマっていて、靴から服、リュックに至るまで全身をお気に入りのアウトドアウェアで固めて出社していました。自分なりに精一杯オシャレをしているつもりでしたが、ある日帰りがけにばったり会った岡田さんに「芸能人なんやからそんな格好で来ちゃあかん！　オシャレせな！」とファッションチェックされてしまったのです。

岡田さんはというと、大きなハットにファッショナブルなスニーカーにヒョウ柄のレギンス。柄オン柄で個性的なファッション。かなり派手ではありましたが、その陽気で豪快なキャラクターにとてもよく似合っていて、見事に着こなしていました。

岡田さんの指摘を受けて、私はアナウンサーとして人から見られる意識が足りなかったことに気がつきました。ひとりよがりのオシャレではなく、まわりから見ても素敵だねと言ってもらえる姿でいるべきなんだと考え方を改めるようになったのです。それ以来、全身〝山ファッション〟で街を歩くことはなくなりました。

「出すぎず、引きすぎず」（羽鳥慎一さん）

以前、生放送後のメイクルームでお会いしたときにふと気になって「羽鳥さんの座右の銘はなんですか?」と聞いてみました。すると、すぐに「出すぎず、引きすぎず、かな」と答えてくださいました。唐突な質問だったにもかかわらず、教えてくださって、とても嬉しかったことを憶えています。

「アナウンサーというのは前に出すぎてもいけないし、引きすぎてもいけない。我を出しすぎず、かといって遠慮しすぎず。そのバランスが肝心なんだよ」

羽鳥さんのようにキャリアを積んだ方でも、こんなふうにテレビでの立ち位置を意識され、模索されているんだなと意外に思いました。

むしろ、そうした細やかな気遣いをされてきたからこその活躍ぶりなのでしょう。それ以降、私はトーク番組に招くときや自分がゲストとして参加するとき、羽鳥さんのこの言葉を思い出して臨んでいます。

「自分に向いていることは、人がやらせてくれる」(東MAXさん)

アナウンサーになって5、6年目。当時、レギュラー番組も増えて仕事は安定してきたけれど、自分に向いていることがなにかわからず悩んでいたときに、テレビ東京系『世界ナゼそこに?日本人~知られざる波瀾万丈伝~』で共演している東MAXさんに相談してみました。

「俺もこんなにいろいろな仕事をやるとは思ってなかったよ。自分になにが向いているかって、逆に自分では気づけないこと。まわりの人が向いていそうなことに自分をあてがってくれるはずだから、それに乗っかっていったら自然と進むべき道が見えてくると思うよ」

こうアドバイスを受けて、すごく気持ちが楽になりました。同じく共演者であるユースケ・サンタマリアさんも「俺もいまだに居場所が見つからないし、なにをやっても落ち着かないよ」と言っていて、ベテランの方でもみなさん自分の進むべき道を模索されているのだなと思いました。

私は早く自分の居場所を見つけなければと焦っていたけれど「流れに身を任せていってもいい」「与えられた仕事をきっちりこなしていれば道が見えてくる」と、自分らしく前に進む力を与えてもらった言葉です。

「想像で描いてみなよ」（ビートたけしさん）

『新・情報7daysニュースキャスター』のお天気コーナーでイラストを描くように

なってから、たけしさんとお話をする機会が増え、たまにご自身が描いた絵を見せてくださるようになりました。

あるとき、楽屋で絵の話をしていると、その場で紙を取り出して、内田裕也さんや和田アキ子さんの似顔絵を描いて見せてくださいました。

「描く人の特徴を自分の中で思い浮かべながら描くとそれだけで似てくるよ。なにかを見ながら描くんじゃなくて、とりあえず自分のイマジネーションで描いてみなよ」

そして、色の塗り方については、「最初に全部色を決めてから塗るんじゃなくて、髪の毛をまず塗ってみる。そうすると自然と顔や体の色が見えてくるんだよ」

たけしさんのアドバイスは、とてもシンプルで優しいのです。「自分の感覚を信じて、とりあえず手を動かしてみよう」と思えるようになりました。

たけしさんから刺激を受けた私は、初めてキャンバスを買って、絵を描き、それは計算ではできないような独特の色合いに仕上がりました。色を重ねていくうちにどんどん変化していくのが面白くて、濃密で心地よい時間でした。

ゴールを決めず、想像力を働かせること、構えずになんでもチャレンジしてみる姿勢は、絵に限らず、人生にとって大切なことのような気がします。

「考えなきゃバカになるよ」（所ジョージさん）

『所さんお届けモノです！』でご一緒させていただいている所ジョージさんは、少年のような心を持った素敵な方です。以前、番組で「絶対に芯が折れないシャープペンシル」が出てきたときのこと。出演者みんなが躍起になって折ろうとしてもまったく折れず「なんでだろう?」と考えていると、所さんがおもむろにシャーペンを分解し始めました。

私は考えてもわからないからと早々に手を止めてしまったのですが、所さんは諦めず、ずっとシャーペンとにらめっこしています。そしてついに芯が折れない構造を突き止めたのです。

私が「すごいですね」と感心していたら、こう返ってきました。

「君ねぇ、考えなきゃバカになるよ」

そう言われて、目が覚める思いがしました。考えることを早々にやめていた自分を恥ずかしく思いましたし、所さんのようにいくつになっても探究心を持ち続けられる大人でありたいとも思いました。

シャーペンに限った話ではありません。例えば、番組でゲストの方に質問をするときも

1個の質問で満足せず、もう一歩、もう一歩と踏み込んでいくことで、本当の答えが見つかったり、思わぬ展開になってうまくいくことも何度もありましたし、そうした前のめりな姿勢が大事だなと思うようになりました。

自ら考えて、行動しなければ見えてこない世界がたくさんあるということを所さんには教えてもらったのだと思います。

ストレスの壁と戦う

――午前2時半起きの生活――

月曜日から金曜日までは朝の生放送があるため、午前2時半に起きています。外はまだ真っ暗ですが、私にとっては朝。時間になると明かりがつくよう設定しておいて、急いで支度をし、一緒に住んでいるブルーボタンインコのラピスを起こさないようにこっそりと、2時40分に家を出ます。

迎えの車に乗り込み、まだ夜のネオンきらめく街並みをぼんやりと眺めながら、六本木のテレビ朝日へ。局に到着するのは3時前。車を降りると自然と目が覚め、アナウンサー「新井恵理那」のスイッチが入ります。

日によってばらつきはありますが、忙しい日の一日のスケジュールはこんな感じです。

2時半　起床
3時頃　局入り　打ち合わせ、着替え、メイク
4時　控え室で朝食、原稿チェック
4時55分～8時　『グッド！モーニング』生放送
8時半　テレビ局の社員食堂で昼食
9時　反省会終了
9時半　帰宅　掃除・洗濯、2時間ほど仮眠
12時　テレビの収録へ
14時　収録現場にて夕食
19時　帰宅
21時　就寝

こんな〝朝型〟ならぬ〝超朝型〟の生活を送って、もう5年になります。
最初の頃は生活リズムがつかめず睡眠不足になりましたが、今は移動時間、メイク中、

収録の空き時間など、いつでもどこでも眠れる能力も身につけ、うまくやりくりできるようになりました。

とにかく体が資本なので、忙しくても食事は栄養バランスを意識し、しっかり摂るように心がけています。朝起きたらまず豆乳やスムージーを飲んで空腹を和らげます。午前4時に食べる朝食は前の晩に作っておいたお弁当です。お弁当といっても大したものではなく、いろいろな具材をたっぷりのせたサラダと、肉、魚などたんぱく質のなにか一品、そして土鍋で炊いたごはんのシンプルな組み合わせが中心です。夜にお弁当を作る時間がないときは、サラダの上に冷しゃぶや生ハムをのせるなどして工夫します。

昼食は、朝の番組が終わった8時半頃に出演者のみなさんとテレビ局の社員食堂で定食を食べます。炭水

ホカホカ
ツヤツヤ
これ一杯で元気いっぱい!
人間、
食べなきゃ、動けない

化物が多くなりがちな丼ものや油っぽい揚げものは避け、定食の惣菜を選ぶときも栄養バランスを意識しています。

夕食は14時〜15時頃、収録の合間にロケ弁を食べることが多いです。どうしても野菜が不足しがちなので、小さめのサラダなどを買ってきます。最近は体質が変わったのか、太りやすくなってきたので、食事は軽めを意識しています。もともと、ごはんも甘いものも大好きなので我慢するのはつらいですが、好きなように食べているとあっという間に体重が増えてしまうので、頑張って節制しています。

お酒は好きですが、朝で仕事を終えたとしても、昼から一緒に飲んでくれる人もいませんし、休日だけのお楽しみにしています。ちびちびと辛口の日本酒を飲んだり、暑い日にビールをぐびっと飲み干したりするのは、最高に幸せです。家でひとり飲むことはめったにありません。たまに友人を家に招いて、全国各地の日本酒を一緒に楽しんでいます。日本酒に合うおつまみを作ったり、テーブルセッティングをしたりするのも楽しくて、前日から張り切ってしまいます。

――家は自分を取り戻す場所――

家事は一人暮らしをするようになって、とても好きになりました。特に掃除と洗濯は、仕事の合間にやるといい気分転換になります。朝の生放送から帰ってくると、服を脱ぎ捨ててタンクトップとパンツだけという格好になり、気合を入れて掃除機をかけ、洗濯をします。とても人に見せられる格好ではありませんが、動きやすさ重視。こういうとき、一人暮らしは気楽でいいなと感じます。

忙しくて頭の中がぐちゃぐちゃしているときほど、掃除を徹底的にやることにしています。一心不乱に片付けて家の中がすっきりすると、頭の中もいつの間にかクリアになり、そのあとの仕事が驚くほどはかどります。私にとって家は自分を取り戻す場所。だからできる限りすっきりと、心地よい空間にしておきたいのです。

家事を一通り終えたら、2時間ほど仮眠します。仮眠でもきちんとパジャマに着替えてベッドで寝るのが私のこだわり。短い時間ですが、カーテンを閉め切って真っ暗にして眠ると、もう一度一日が始まったような清々しい気分になります。「次の現場も頑張ろう」と体の中からエネルギーが湧いてくるのです。

午後の仕事を終えて、家に帰ったらお風呂にゆっくりと入って一日の疲れをとります。入浴剤、ボディウォッシュ、ボディクリーム、コロンはすべて「ジョー マローン ロンドン」で揃えています。

以前、安住紳一郎アナにバレンタインデーのお返しとしてボディクリームをいただいたのがきっかけで使い始めました。そのとき「生活感は細かいところから出てくるから、念入りにケアしなさい」とアドバイスされたこともすごく心に残っています。

香りは、そのときの自分の気持ちに合わせて選んでいますが、家にいるときはさわやかでリラックスできる香りを選ぶことが多いです。コロンは出かけるときだけでなく、ベッドでも使います。全身にたっぷりとコロンを振りかけてから眠ると、香りの魔法にかかって、心地よく眠ることができるんです。

――２度の体調不良を経験して――

体力には自信がある私ですが、アナウンサーになってから2度、体調不良に見舞われた経験があります。1度目は、23歳のとき。日本テレビ系『Ｏｈａ！４ ＮＥＷＳ ＬＩＶＥ』のレギュラーを獲得して、生活スタイルがガラッと変わったときのことです。慣れない超朝型の生活、食生活の乱れ、自己流のスキンケアが原因で、ひどい肌荒れを起こしてしまいました。カメラに自分の顔が映し出されるのが嫌で、それがストレスとなってまた肌が荒れるという悪循環に陥り、精神的にもかなり参っていました。逃げ出したいという気持ちになったこともあります。

ちょうどその頃、番組との契約が終了となったので、これは自分を見つめ直すいい機会だと捉え、3ヶ月間まったく仕事を入れずに休養することにしました。駆け出しの自分としてはかなり思い切った選択でしたが、それだけ切羽詰まっていたのだと思います。

休養期間中に、メイク落としからスキンケアの仕方までを一から見直し、日々の食生活を改めたり、漢方薬を飲んだり、適度に体を動かしたりと、肌荒れ改善のためにできることはとにかくやりました。すると、少しずつ肌の状態が回復していきました。

『グッド!モーニング』のレギュラーが決まったときは、また肌荒れを起こしてしまうのではないかという怖さもありました。でもせっかくつかんだチャンスを逃したくないと、体調管理に気をつけることを意識しました。あのとき一歩踏み出したことで、今の私があります。

2度目の体調不良は、昨年のことです。仕事がどんどん忙しくなる中、プライベートで不幸があるなどしてショックやストレスが重なり、ある日突然、立っていられないほどのめまいに襲われました。

通院して薬も飲んでいましたが、世界が常にぐるぐると回ってるような感覚はなかなか改善せず、かなりつらいものがありました。それでも仕事に穴はあけられません。生放送中も出番以外は横になって目を閉じたり、自分の担当パートの負担を軽くしてもらうなどして、なんとか乗り切りました。

1ヶ月ほどでめまいはなくなり、今ではすっかり元気になりましたが、あのときは毎日が綱渡りで、もう仕事が続けられなくなるんじゃないかと不安を覚えていました。

――無理をしない努力――

2度の体調不良を経験して改めて感じたのは、「私はフリーランスだけど決して一人で仕事をしているのではない」ということです。番組制作スタッフ、共演者の方々、ヘアメイクさんやスタイリストさん、マネージャーさん、困ったときに助けてくれる仲間がいることのありがたさを痛感しました。

自分のキャリアのためだけでなく、一緒に番組を作る仲間のためにも、番組を楽しみに見てくださる視聴者の方のためにも、体調を整えて万全なコンディションで仕事に臨まなければいけない。年齢と共に変化しつつある自分の体にもしっかりと向き合わないといけないと感じました。

フィジカルとメンタルの両面から、ストレスに負けない強さを手に入れようと生活を見直しました。まず見直したのは休日の過ごし方です。いただける仕事はどれも頑張りたかったので、休日は相変わらず日曜日だけ。以前は貴重な休みなのだからとあれこれ予定を詰め込んでいましたが、最近は、ゆっくり家で休む日も予定に組み込むようになりました。もうすぐ30歳。これまでどおり仕事も遊びもフル稼働というふうにはいかなくなるので〝無理をしない努力〟をしなければいけないなと感じています。

メンタル面では〝考えすぎないこと〟を意識するようになりました。もともと、あれこれ考えてしまうほうですし、自分の中のこだわりも強いので、自分の気づかないうちにストレスを感じ、体調不良という形で表面化したのかもしれません。今は、肩に力が入っているなと感じたら一度考えることをやめて、別のことに取り組んだり、適度に休憩をとったりすることを心がけています。そうすると少しヒートアップしていた頭と心が落ち着いていくのです。

世の中にはいろいろな価値観を持った人がいます。失敗は誰にでもあるし、予期せぬアクシデントも起こります。本番までは一生懸命頑張るけど、終わってしまったら結果はどうあれ前を向くしかありません。気持ちをうまく切り替えながら、ストレスと上手に付き合っていけたらと考えています。

私の人生は生放送に似ているなと感じます。エンジンをかけて全力で本番を走り抜けたら、スイッチを切って、しっかり休む。おいしいものや好きなことでエネルギーをチャージして、またエンジンをかけて、次の本番に向かって走り出す。毎日同じことの繰り返しに見えるけれど、きっと少しずつ違っている、はず。

その違いを面白がりながら、自分にとって心地いいワークライフバランスを見つけていきたいと思います。

とらわれない幸せ

――人の〝好き〟には理由がある――

人の誘いとトレンドには、とりあえず乗ってみる。

プライベートを充実させるために、私が心がけていることです。興味がなくても、腰が重くても、とにかく一歩踏み出してみる。そうすると、そこにはいろいろなモノ・コト・人との思いがけない出会いが待っていて、世界が広がる。その目の前が開けていくような感覚が私はとても好きです。

友人とよく出かけるのは音楽フェスやライブです。音楽は昔から好きですが、仕事でエンタメコーナーを担当するようになってからは、ジャンルを問わず、さまざまな音楽を聴くようになりました。

なんとなく出かけたライブがきっかけで、そのアーティストのファンになるということもよくあります。

例えば、ナオト・インティライミさん。たまたま知人に誘われて行ったライブでファンになりました。何度もライブに行き、ファンであることをあちこちで公言していたら、ラジオでインタビューをさせてもらえたり、ファンイベントの司会を担当させてもらえたりと、仕事にもつながっていきました。もちろん、そこは仕事としてきっちりやり遂げましたが、湧き上がってくる嬉しさとファンの顔を隠すのが大変でした。

私の世代ではあまり行く機会がないような大御所のアーティストのライブに行くこともあります。コロッケさんのものまねライブは、「これぞエンターテイメントだ」と感じる華やかなステージで、独自のものまね芸にはお腹がよじれるほど笑いました。さだまさしさんのライブも最初は「私には渋すぎるかな」と思ったけれど、心に染み入るものがあり、とても感動しました。

昔は、素直に王道や流行に乗ることをためらっていました。「私は、私の好きなことだけを極めていけばいい」「みんなが好きな王道はあえて外していこう」と、斜に構えて世の中を見ていたのです。でも実際体験してみると、すごく楽しいし、面白い。多くの人が

こんなにすがすがしいなんて
こんなにごはんが美味しいなんて
しらなかった!!

〝好き〟だと思うのには、ちゃんと理由があるのだと気がつきました。人の〝好き〟を食わず嫌いするのではなく、一緒に味わったほうが人生は楽しいし、豊かになる。この仕事を始めてから、そんなふうに価値観がシフトしていきました。

ちなみに、いま興味があるのはラップミュージックです。アナウンサーと同じ言葉を扱う分野なので、アーティストがなにを考え、どんなふうに言葉を紡いでいるのか、すごく興味があります。

意外に思われるのですが、アウトドアも好きです。時間を見つけては日帰りでトレッキングや登山に行きます。これも友人に誘われたのがきっかけです。

山デビューは奥多摩でした。自然を感じにふらっと立ち寄るくらいのつもりで行ってみたら、体力もないのにどんどん奥に進んでみたい気持ちに。眺めのいい場所に着いて大好物のロールケーキを丸かじりしたら、普段の何倍もおいしく感じられて。自然の中で汗をかいて、好きなものを食べるって、シンプルだけど、とても贅沢なことだなと感じました。

もちろん、人に勧められても自分には合わないと感じることもありますし、飽きてしまうこともあります。せっかく出会っても、残念ながら気の合わない人もいます。そんなときは決して無理をせず、距離を置くようにしています。好き・嫌い、向き・不向きも、一度トライしてみたからわかること。やって無駄なことなどひとつもないとポジティブに捉えています。

―― 外見は人の意見7割、自分3割 ――

人になにかを勧められたら一度はトライしてみる。それは、ファッションやヘアメイクに関しても言えることです。トレンドを追いかけるタイプではありませんが、まわりの人に「これが似合うと思うよ」と言われたら、取り入れてみることにしています。

普段の私はカジュアルなスタイルに、すっぴんに近いナチュラルメイクが基本です。最近は、ロングワンピースやTシャツ×デニムに、キャップやスポーツサンダルを合わせたスポーティカジュアルがお気に入り。アクティブに動き回ることが多いので、着心地が良くて動きやすいファッションが自然と多くなります。しかし、テレビで着る衣装はフェミニンで上品なワンピーススタイルがほとんど。みなさんが思い描く「新井恵理那」のイメージはこちらのほうが強いのではないかと思います。衣装は基本的にスタイリストさんにお任せしていますが、まわりからは「似合っているね」と褒められることが多いです。自分の好みからは外れていても、私の顔立ちにはこういう柔らかな雰囲気の洋服のほうが似合うのかなと思い、衣装をそのまま買い取らせてもらうこともよくあります。

この仕事を始めて気がついたのは、〝好き〟と〝似合う〟は違うということです。自分の好きなスタイルにこだわりすぎるとオシャレの幅が広がらないし、逆に人の意見ばかりにとらわれていると個性が出せなくて窮屈な感じがします。

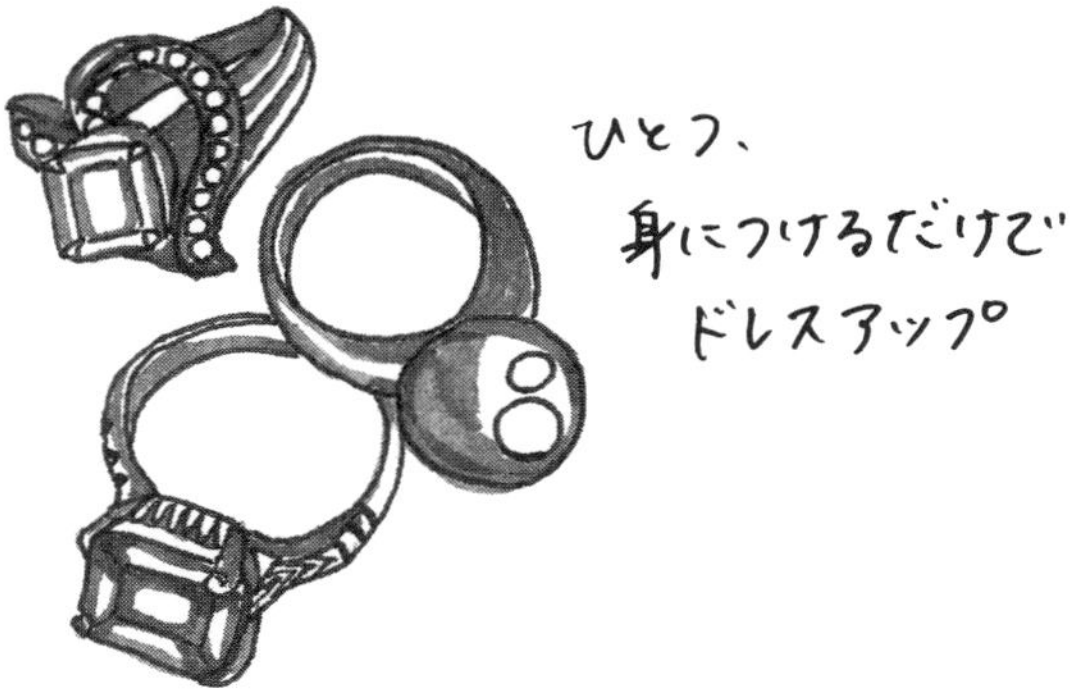

好きと似合うのバランスをどうすればいいのか、試行錯誤する中で、「外見は人の意見7割、自分3割」というのが自分にとってベストバランスだという結論に達しました。例えば人に似合うと言われるフェミニンなワンピースに、自分好みの存在感の光るデザインのアクセサリーを合わせるといった具合です。さりげなく自分の個性が主張できるアクセサリーは私の大好きなファッションアイテムになりました。

――モノより経験に投資する――

オシャレは好きですが、買い物はあまり頻繁にはしません。もともと物欲が強くなく、どちらかといえば節約志向。同年代の友人に比べると財布の紐が固くて便利グッズ好きなので、友だちからは「恵理那って節約ママみたいだね」なんて言われたこともあります。

金銭感覚は社会人2年目くらいからあまり変わっていない気がします。洋服で迷わずに買えるのは2万円くらいまで。コートは何シーズンか着ることを見越して10万円くらいでしょうか。それ以上すると、ちょっと考え込んでしまいます。「迷ったら両方買いなさい」という母の教えを実行できるのはセールのときぐらい。長く使えそうで気に入ったものがお得に買えるのであれば色違いで買ったりもします。

ブランド物への憧れも特にありません。プレゼントでいただいたり、海外旅行に行った際に記念として買ったりすることはありますが、プレゼントだから大事にする、作りがしっかりしていて長く使えそうだから買うという感じで、ブランドネームを意識することはそこまでありません。

アクセサリーは買うよりも自分で作ることが多いです。講座に通って作り方を勉強して、資材を手に入れて、一人黙々と作業をして……。完成までに何週間もかかるのですが、お店で買うよりはずっとリーズナブルですし、意外と本格的な作りで「それどこの？」と聞かれることも多いです。

みんなが持っている高価なものを無理して買うよりも、他の誰も持っていないオリジナリティのあるものを身につけるほうが自信も愛着も増す気がします。お金には代えられない価値が手作りのものにはあると感じるのです。これは手作りが好きだった母の影響が大きいと思います。

ちなみに、人生で一番高い買い物は50万円の津軽三味線。「これだけ払えば続けられるだろう」と自分に鞭を打つつもりで買いましたが、結局練習する時間がとれず、数年でやめてしまいました。今は部屋の隅にオブジェとして置いてありますが、またいつか突然やりたくなるかもしれないので、大切にとってあります。

モノはあまり買いませんが、旅行は好きなので時間があるときはふらっと旅に出ます。旅行は行けるときが限られているし、心身のリフレッシュになるので、旅先で使うお金は奮発することが多いです。習い事や講座など、なにか知識やスキルを得るためにお金が必要ならば、それも迷わずに出します。モノよりも経験のためにお金を使いたい。そのために貯金をしているという感覚です。

フリーランスは毎月収入が異なりますが、ないときはないなりに工夫して、増えたらそのぶんを貯金に回し、たまにちょっと贅沢をするという感じで今まで過ごしてきました。出演する番組が増えれば、収入は増えます。素直に嬉しいですし、通帳の数字を見て「今月は頑張ったな」と一人にんまりすることもあります。でもだからといって、生活は変わりません。仕事がなくなるかもしれないという不安は、常にどこかに抱えています。それでもしばらくは食べていけるように、蓄えておかなければと考えています。

生活で苦労しないくらいの一定額をいただけるようになってからは、お金のことをあまり意識しなくなりました。そのことをとてもありがたく感じています。とらわれない、ということは私の人生のテーマなのかもしれません。固定概念や思い込み、年齢、職業、収入……人は気がつくといろいろなものにとらわれてしまいがちです。なかなか難しいことではありますが、自由な感性と軽快なフットワークで、一度きりの人生を楽しみ尽くしたいと思っています。

好奇心に身を委ね、四方八方を歩き回っていったら、いつかきっと自分だけの特別な場所を見つけられるような気がしています。

いつかは家族を持って

――祖父母が理想の夫婦――

私にとっての理想の夫婦は、母方の祖父母です。カッコいいおじいちゃんと優しいおばあちゃん。孫の私が言うのもなんですが、とてもかわいい二人でした。表面上は、しょっちゅうケンカをしたり、愚痴を言い合ったりしているけど、そんな中にもお互いを思いやる気持ちが伝わってくるのです。こんなふうに人生を共に歩けるパートナーを見つけることができたら幸せだろうなあと、二人を見るたびに思っていました。

昔は、なんとなく自分は24歳で結婚するんだと思っていました。母が結婚した年齢です。母は翌年に私を出産しています。でも自分がその年齢になった頃には、結婚や出産など遠い世界のことでした。

この仕事を始めた頃から、結婚をしたら自分の〝価値〟が下がると思っていました。テレビという世界においては、「若い未婚の女性」というだけで一定の価値があります。私も実力不足なのに「若い女性だから」という理由だけでキャスティングされていると感じたこともありました。

経験を積んだベテランのほうが〝伝える力〟はありますが、若い女性にはテレビ画面を華やかにする力があります。私自身、若い女性がテレビに映っていると「みずみずしいなあ」と思います。若さは未来であり可能性。視聴者の方が若い女性を望むのも仕方がないことだと思います。

またアナウンサー、キャスターはアイドルや女優ではありませんが、タレントの側面も強く、人気商売であることに違いはありません。そうなるとやはり既婚よりも未婚のほうが、特に男性層の支持を得やすいのは事実だと思います。私は、そんなテレビ業界の現実を目の当たりにし、その中で仕事最優先に生きてきましたから、結婚は当分、したくない、しなくてもいいと思ってきました。結婚はどちらかというとネガティブなものとして、遠ざけていました。

でも20代も後半になり、30歳の声が聞こえるようになると、少しずつ考え方が変わってきました。そろそろ女性としての生き方を真剣に考えなければならない年齢です。できることなら結婚をして、母になってみたい。祖父母のように愛のある家庭を築いていきたい。そんな気持ちと向き合えるようになってきました。

正直、若さを〝売り〟にできる時期はもう終わりに近づいています。でも「若い女性」ではなく、「新井恵理那」を認めてもらえるように努力をしてきた成果は、少しずつ出てきているような気もします。

もはや、女性は結婚して子どもを産むのが当たり前という時代ではありません。家庭を持つも、独身を貫くも関係なく、それぞれに個性があり、価値がある。実際、結婚して家庭を持っても活躍しているアナウンサー、キャスターの方は大勢います。そうした人は、むしろ妻・母としてのパーソナリティや人生経験が新たな武器となっています。

私も「新井恵理那」であることの価値に磨きをかけていきたいと思っています。特に予定はありませんが、あえて避けてきた結婚についても、素直に考えられるようになってきたように思います。

──離婚した両親との二人旅──

両親は、私が大学生のときに離婚しました。

最初は「どうして」と思いましたし、自分が帰る〝家〟がなくなったような気がして、戸惑いました。寂しく悲しい思いもしました。でも10年近く経って、父も母もそれぞれが自分らしく楽しそうに生きているのを見ると、結果としてそれはそれでよかったのかもしれないなと感じています。

両親とはそれぞれ海外に二人旅をしています。

父とは、2年前にフィンランドに行きました。もともとは、父が私と弟に「死ぬ前に一緒に旅をしたい」と言い出したのがきっかけでした。旅で親孝行になるならいいかなという思いもありましたし、単純に誘ってくれたことが嬉しくて、父と一緒に旅行をすることにしました。でも計画が進むうちに弟が「俺はいいや」と言い出して、結局二人で行くことになりました。

父が、「大自然で知られるアメリカのセドナに行きたい」と言ったので、私は旅行本を買ったのに、父は「やっぱりオーロラを見たい」と言い出して、結局フィンランドに行

くことになりました。フィンランドの旅自体は、いろいろな発見があって楽しかったのですが、旅の間は父娘の優柔不断で方向音痴なところがさく裂し、計画が思うようにいかないことも多々あり、その上、マイペースな父に私はイライラしっぱなし。ついには、「お前は小言が多すぎる！」と父に言われ、反撃して、ケンカになってしまいました。最後は私が、「言いすぎてごめん」と謝り、仲直りをしました。今となってはいい思い出です。

母とは昨年モロッコに行きました。初めての二人旅です。買い物をして、現地の人と会話を楽しんだり、列車でたくさん移動して異世界に浸ってみたりと、良い刺激をもらえました。そんな中で、張り切って案内を買って出た母もまた方向音痴で、灼熱の太陽の下、迷子に……。それをきっかけにやっぱりケンカになり、そこからお互い言いたいことを言い合いました。

旅先の開放的な気分も手伝い、これまでしてこなかったような深い話もして、母のことをより理解できるようになりました。母と娘から、同じ大人の女性として互いを理解できるようになったのも、あの旅がきっかけだったような気がします。

もし両親が別れず夫婦生活を続けていたら、こんなふうにそれぞれと旅をして、深く知り合うことはなかったかもしれません。家族がひとつ屋根の下で暮らす〝家〟はなくなりましたが、逆にいえば私は自分をさらけ出すことができる二つの〝部屋〟を自分の中に持てたのかもしれません。

日本の離婚率は、約35％。もはや3組に1組は離婚する時代です。そう考えたら、「とりあえず」結婚してみてもいいかなと思います。ダメならダメで仕方ないし、離婚したからといって不幸なわけでもない。それぞれの人生があります。最近は、自分の結婚についてそんなふうに考えられるようになりました。

――幸せの条件――

もし結婚するとしたら相手に求めるのは、つらいときに支え合う家族になれること。一緒に生きていくことを考え、楽しんでくれることです。共通したビジョンを持って生きていける人と結婚生活を送るのが私の理想です。私は、長い目で見て、先のことを考えるのが苦手ですから、それを補って夫婦としての長期的プランを考えてくれる人であればいいなと思います。互いにいいところも、ダメなところも受け止めて、自然体でいられることが理想です。

八方美人で夢を抱けず、やりたいことが見つからない。そんな自分にずっとモヤモヤした気持ちを持って生きていました。

なにがなんでもアナウンサーになりたいと思っていたわけではありませんでした。話すのも下手で、おしゃべりな人間でもありませんでした。自分に才能があるとは、今でも思えません。

でも流れに身を任せるようにフリーアナウンサーになり、そして苦手なことや課題をひとつずつ克服しているうちに、この仕事が好きになっていました。これが私の進むべき道だったのかなと思えるようになりました。

アナウンサーという仕事に正解はありません。自分なりに考え、失敗から学び、そして少しずつ前に進んでいく。いままで私はそうしてきましたし、これからもそうしていくしかないと思っています。

夢のようなものもぼんやり見えてきました。私はもの作りが大好きです。手芸やアクセサリー作りはずっと続けてきました。これからの仕事で、こういう自分の〝好き〟を生かしていければと思うようになりました。もの作りの番組をやるのもいいし、もの作りに関わる方々に話を聞くのでもいい。そういったことで、誰かの日常を彩ることができたら、私自身も幸せだと思います。

夢がない、やりたいことがない。それはまだ出合っていないということです。これから夢に出合う可能性があるし、まだ眠っている自分の才能に気づく可能性もある。私もこれから違う道に進むことだってありえます。新井恵理那って昔はアナウンサーだったんだよと言われる日が来るかもしれないと思っています。

夢も、才能も、そして幸せも、人それぞれ。人をうらやんだり、やっかんだりしても仕方がありません。自分は自分らしく、自分自身を受け止めていれば、きっといい人生になるはず。

いつもあちこちウロウロ、キョロキョロ。でも目の前のことに夢中になって、ふと顔を上げたら違う景色が広がっているということもあります。

八方美人だからこそ、楽しい人生もあります。

私も、そしてこの本を読んでいるあなたも、いつか人生をかけて取り組めるひとつの夢に出合えたらいいなと思っています。

イラスト	新井恵理那
撮影	藤代冥砂
スタイリング	青柳裕美
ヘアメイク	かんだゆうこ
撮影協力	炉端きばらし
装丁	渡邊民人（TYPEFACE）
本文デザイン	清水真理子（TYPEFACE）
ＤＴＰ	ループスプロダクション　佐藤修
マネジメント	セント・フォース
執筆・編集協力	川上康介
	鎌田幸世
編集	田村真義

自分は自分らしく、

自分自身を受け止めていれば、

きっといい人生になる

はず。

焼とまと
焼キャベツ
豪鰹

新井恵理那（Erina Arai）

フリーアナウンサー。アメリカ合衆国カリフォルニア州生まれ。青山学院大学総合文化政策学部卒業。大学2年生のときにミス青山コンテストグランプリに選ばれる。大学在学中にセント・フォースに所属。現在は、テレビ朝日系『グッド!モーニング』、TBS系『新・情報7days ニュースキャスター』などの報道・情報番組のほか、バラエティ番組、ラジオ番組などレギュラー番組多数。2019年上半期テレビ番組出演本数ランキング女性部門で1位を獲得（ニホンモニター調べ）。資格は、弓道二段、スキューバダイビング、ジュニア野菜ソムリエ。趣味は、トレッキング、音楽ライブ鑑賞、フットサル、イラスト、ジュエリー制作など。

八方美人

2019年9月6日　第1刷発行

著者　新井恵理那

発行人　蓮見清一

発行所　株式会社宝島社
〒102-8388　東京都千代田区一番町25番地
電話：営業 03-3234-4621　編集 03-3239-0926　https://tkj.jp

印刷・製本　日経印刷株式会社

　ISBN 978-4-8002-9661-0